안녕하게 안녕하는 법

박슬기 장편소설

안녕하게 안녕하는 법

㈜자음과모음

차례

때리고 싶은 뒤통수   7
아무도 슬퍼하지 않는 밤   20
임계점   30
상실의 5단계   44
각자의 폭풍우   58
사라진 우주   70
납작한 이해   82
고백   98
우주를 이해하는 법   112
그날   123
슬픔을 대하는 방식   135
안녕하게 안녕하는 법   147
완전히 괜찮아지지 않아도   156

작가의 말   164

때리고 싶은 뒤통수

때리고 싶은 뒤통수다. 나는 한 발 앞서 걷고 있는 혜주의 뒤통수를 노려보았다.
"아, 진짜 딱 죽고 싶다. 왜 이렇게 할 게 많은 거냐고."
순간 턱이 '징' 하고 울리며 날카로운 통증이 관자놀이까지 번져 나갔다. 나도 모르게 이를 앙다문 탓이다. 오늘 같은 날은 이성보다 감정이 한 박자 더 빠르다. 혜주는 내가 뒤에 멈춰 선 것도 모르고 눈치 없이 푸념을 늘어놓기 시작했다.
"아니, 내가 이번에는 진짜 진지하게 말했거든. 너무 힘들어서 죽을 거 같다고. 제발 학원 좀 줄이면 안 되냐고. 아니면 수학 학원만이라도 옮기면 안 되냐고. 절대 안 된대. 내 말은 듣지도 않아."
하교하는 아이들로 가득한 거리에서도 톤이 유난히 높은 혜주의 목소리는 단연 튀었다. 아이들이 힐끔힐끔 쳐다보며 지나갔지만 혜주는 아랑곳없이 말을 쏟아 냈다.

"아니, 어제는 내가 진짜 마음먹고 숙제하려고 책상에 앉았단 말이야. 그런데 사전 공지도 없던 라방을 한다는 알림이 뜬 거야. 이걸 안 볼 수가 없잖아. 내가 명색이 블루밍인데! 그래서 오늘 학교에서 하려고 했는데 어쩌다 보니 벌써 이 시간이야. 왜 이렇게 시간이 빨리 가는 거지? 망할 수학 학원. 진짜 숙제가 너무 많아. 도대체 내 인생은 왜 이렇게 힘든 거야. 난 오늘 불곰 샘한테 죽을 거야. 아아아악!"

죽고 싶다는 말은 혜주의 습관이다. "죽겠다" "죽을 것 같아" "죽고 싶다" 혜주가 말하는 감탄사의 중심에는 언제나 죽음이 있다. 그렇게 말하면 좀 더 극적이라고 생각하는 모양이다.

'죽는 게 그렇게 쉽나?'

나는 '죽음'이라는 단어를 입안의 사탕처럼 굴리며 혜주의 뒤통수를, 그러니까 어릴 때부터 엄마가 잘 굴려 재워서 편평한 데 없이 유난히 동그랗다는 혜주의 뒤통수를 노려보았다. 마치 조준하듯이.

봄이는 그런 혜주를 보면서 소리 없이 웃었다. 물론 나도 보통 날이었다면 아무렇지 않은 척 입꼬리를 끌어당겼을 것이다. 한술 더 떠 그 마음 다 이해한다는 듯이 혜주의 어깨를 토닥토닥했을지도 모른다. 누구보다 배려심 많고 다정한 친구처럼.

하지만 오늘은 쉽지 않았다. 마음이 부르르 끓어올랐다. 주전자가 끓어 넘치기 직전처럼 날카로운 경고음이 내 속에서 울려 퍼지고 있었다. 아무래도 인내심이 바닥나기 직전이었다. 사람은 하루에 인내할 수 있는 총량이 정해져 있다고 한다. 아무래도 재채기처럼 터져 나올 듯한 간질간질한 말을 참기 위해서 아침에 인내심을 너무 많이 쓴 모양이었다.

'오늘이 무슨 날인지 정말 모르는 거야?'

늘 배경 음악처럼 틀어 놓은 TV에서는 이틀 전 극단적 선택을 한 아이돌 K의 이야기가 한창이었다. 채널을 돌리지 않는 건 일부러 그러는 것일까. 아니면 무신경의 끝을 달리는 것일까. 속내를 가늠하며 식탁에 앉았다.

오늘 아침의 식탁도 여느 날과 별다를 게 없었다. 아침부터 밥을 먹긴 힘들다는 양식파 우주와 엄마는 간단히 프렌치토스트를 먹으며 함께 커피를 마셨고 한식파인 나와 아빠는 어제저녁 메뉴였던 미역국에 밥을 말아서 먹었다.

모두 잠이 덜 깬 얼굴로 아침을 먹는 와중에도 우주만 쉴 새 없이 재잘댔다. 어제 정한 수행 평가 조와 그 조의 구성원에 대해서, 어제 점심시간에 있었던 축구 경기에서 한 자신의 활약에 대해서, 요즘 반에서 일어나고 있는 도난 사건에 대해서.

아빠는 별말 없이 후룩후룩 국과 밥을 마시다시피 하며 우주의 이야기를 흘려들었고 엄마는 우주의 에피소드가 끝나는 지점마다 추임새를 넣었다. "진짜? 대단하네" "위험하게. 너는 안 그러지?" "너도 물건 간수 잘해야 해" 대부분 엄마의 걱정이 들어 있는 추임새였다. 우주는 엄마의 말에 어린애처럼 하나하나 대답하며 이야기를 이어 나갔다. 두 사람 덕분에 식탁의 분위기는 언뜻 보기에는 좋아 보였다.

그리고 나는 아침에도 이를 앙다물고 있었다. 그러지 않으면 오늘이 무슨 날인지 모르냐는 그 말이 재채기처럼 터져 나올 것만 같았다. 하지만 피로에 절어서도 우리가 밥을 잘 먹는지 살피는 엄마의 눈길이 나의 재채기를 겨우 잠재워 주었다. 물론 그러느라 밥을 절반 가까이 남겨야 했지만.

"이은하, 표정 왜 그래? 너, 내 말 하나도 안 들었지?"
"그러게. 은하야, 무슨 일 있어?"

혜주와 봄이가 혼자 우두커니 서서 뒤처진 나를 이상하다는 듯이 바라보고 있었다. 나는 굳었던 표정을 얼른 가다듬고는 봄이와 혜주를 향해 가볍게 고개를 흔들었다. 혜주가 짜증 난다고 그대로 감정을 드러낼 수 있는 건 아니다. 혜주의 '죽고 싶다 타령'이 나를 향한 것도 아니라는 것쯤은 잘 알고 있으니까. 고작 순간의 감정으로 오래도록 인내하며 쌓은 나의 이미지를 무너뜨릴 수는 없다. 나쁜 평판을 얻는 건 한순간이지만 좋은 이미지를 쌓는 오랜 공이 드는 일이라는 걸 잘 안다.

순간 코끝에 비 냄새가 고였다. 초여름 무렵 뜨겁게 달궈진 땅을 식히는 비릿하고 축축한 비 냄새. 나는 길게 숨을 들이마시며 반사적으로 하늘을 올려다보았다. 하늘은 구름 한 점 없이 맑았다. 일기 예보에도 비가 올 거라는 말이 없었다. 나는 "후" 하고 숨을 뱉어 내고는 두 사람 사이로 뛰어가 어깨동무를 했다. 참는 건 내가 가장 잘하는 일이다.

"아냐. 그냥 좀 피곤해서. 우리 편의점 가자! 내가 쏠게."

"진짜? 이은하, 사랑해! 내 슬픔을 이해해 주는 건 은하밖에 없다니까. 아, 다이어트해야 하는데……. 역시 다이어트는?"

"내일부터지!"

역시 마음이 통했다는 듯 하이 파이브를 한 혜주와 봄이가 웃었다. 금세 기분이 풀린 혜주는 발끝에 스프링이라도 단 듯 뛰면서 어제 본 라이브 방송 얘기를 쏟아 내기 시작했다. 감정을 따라 롤러코스터를 타듯 높아졌다가 낮아지는 목소리를 듣고 있으니 웃음이 새어 나왔다.

기분이 투명하게 드러나는 혜주는 유리구슬 같다. 그런 혜주가 가끔 부럽다. 아니, 사실 매일 혜주처럼 되고 싶다는 생각을 한다. 아주 사소한 것에도 감정이 풍부한 혜주는 반짝반짝 빛나 보인다. 그만큼 밝고 해맑다는 건 그런 환경에 있다는 증거일 테니까. 나는 "으이그" 하고 혜주의 등을 통통 치며 편의점으로 향했다. 돋아났던 짜증인지 화인지 모를 감정이 남아서 입안이 까끌까끌했다.

입술 근처에 화르르 오른 불을 쿨피스로 달래며 창밖을 보았다. 한낮 동안 세차게 내리쬐던 햇살이 한층 누그러져 있었다. 벌써 다섯 시 삼십 분이었다. 곧 여섯 시가 되어 학원 수업이 시작되면 아홉 시는 되어야 마칠 것이다. 그럼 예약한 스트리밍 시간을 맞출 수 없다. 지금껏 핑계를 생각하느라 미뤘지만 이제는 정말 자연스럽게 빠져야 할 타이밍이었다.

하지만 뭐라고 핑계를 대야 할지, 학원 선생님한테는 뭐라고 말해야 할지 도무지 생각나지 않았다. 그렇다고 솔직하게 말할 수는 없었다.

슬픔을 사야 한다고 말이다.

명함을 발견한 건 어제저녁이었다. 퇴근하자마자 요리를 한다며 프라이팬을 든 아빠와 그 옆에서 더 바쁜 엄마가 부엌에서 종종거리는 와중에 휴대 전화 벨 소리가 울렸다.

"아빠! 전화 좀……."

당연하게 우주를 찾았지만 하필 우주가 없었다. 우주는 우리 집에서 심부름꾼이자 애교와 개그 담당이었다. 반면에 나는 엄마뿐만 아니라 아빠와도 데면데면했다. 벨 소리는 끊임없이 울렸고 우주는 어딜 갔는지 보이지 않았다.

어쩔 수 없이 소파에 널브러져 있던 아빠의 외투 주머니에 손을 넣어 휴대 전화를 꺼냈다. 그때 뭔가 툭 하고 바닥에 떨어졌다.

특별할 것 없는 명함이었다. 별생각 없이 주워서 그대로 넣어 두려는데 한 문장이 내 눈길을 잡아당겼다.

슬픔 스트리밍 서비스. 당신의 슬픔을 재생해 드립니다.

슬픔. 슬픔이라니. 발음할 때 입술을 빠져나가는 공기조차 낯선 그 단어가 적힌 명함도 놀라웠지만 그 명함을 아빠가 가지고 있다는 사실이 더 놀라웠다. 슬픔이랑 아빠는 어울리지 않으니까. 그다음엔 슬픔을 재생한다는 게 도대체 무슨 말인지 궁금해졌다. 결국 나는 몰래 명함을 챙겼고 방에 돌아와 명함에 적힌 인스타그램 주소에 접속했다.

@mind_moving_sorrow_service

인스타그램 계정에도 똑같은 문구가 적혀 있었다.

슬픔을 재생해 드립니다. 당신의 슬픔을 마주해 보세요. 그것이 살아남기의 첫 시작입니다. 신규 회원 특가. 1회 오만 원.

몇 번을 읽어도 이해되지 않는 이야기였다. 음악도 아니고 예능 방송도 아닌 슬픔을 스트리밍한다니. 얼마나 이상한 말인가.

이상한 사이비 종교나 사기 같은 게 아닐까. 이런 게 왜 아빠의 주머니에 있는 걸까.

나도 모르게 왼쪽 입꼬리가 말려 올라가며 웃음이 새어 나왔다. 말도 안 되는 일을 마주할 때 나오는 내 습관이다. 원래의 나라면 그대로 명함을 버렸을 것이다. 하지만 문제는 타이밍이었다.

"인생은 타이밍이야."

혜주는 가끔 그런 말을 하고는 했는데, 혜주의 말이 명언처럼 여겨지긴 처음이었다. 명함을 발견한 게 어제라는 게, 그러니까 오늘의 전날이라는 게 문제였다. 그 타이밍 때문에 '어쩌면 아빠도……'라는 생각이 어른거렸고 때마침 정말 타이밍 좋게 컬러풀한 게시물 하나가 올라왔다.

타임 세일 특가, 50퍼센트 할인! 온라인 스트리밍 서비스 론칭 1주년 기념.

궁금하니까 게시물만 읽어 보려 했는데 정신을 차려 보니 나도 모르게 신청서를 작성하고 있었다.

슬픔 서비스를 의뢰해 주셔서 감사합니다. 지금부터 슬픔 스트리밍 서비스를 의뢰하신 의뢰인은 슬픔 소유자, 귀하의 슬픔을 듣고 재생하는 사람은 스트리머라고 칭합니다.

아래 문답을 자세히 읽고 솔직하게 답변해 주십시오.

1. 당신 슬픔의 종류는 무엇입니까?
  □ 실연의 슬픔   □ 실패의 슬픔   □ 상실의 슬픔
  □ 후회의 슬픔   □ 존재론적 슬픔 □ 기타

2. 당신은 무엇을 상실하셨나요?
  □ 가족   □ 연인   □ 친구   □ 반려동물
  □ 꿈   □ 이루어 놓은 것들   □ 기타

3. 상실의 형태에 대해 알려 주세요.
  □ 죽음   □ 이별   □ 멀어짐

4. 당신의 이야기를 솔직하게 들려주셔야 슬픔 스트리머가 당신의 슬픔을 재생할 수 있습니다. 개인 정보와 사연에 대한 비밀은 철저히 보장됩니다. 슬픔에 대한 정보를 제대로 제공하지 않을 시 슬픔 스트리밍 서비스가 진행되지 않을 수 있습니다. 이 사항에 동의하십니까?
  □ 동의   □ 미동의

5. 슬픔 스트리밍을 원하는 날짜와 시간을 적어 주십시오.

6. 이야기할 방식을 선택해 주십시오.

* 슬픔 소유자가 스트리머에게 얼굴과 목소리를 모두 드러냈을 때 진정한 슬픔 스트리밍이 이루어질 가능성이 높습니다. 효과적인 슬픔 스트리밍을 원하신다면 대면 또는 영상 통화 중 얼굴, 목소리 모두 공개 항목을 추천드립니다. 단, 슬픔 제공자의 선택에 따라 익명으로도 진행이 가능합니다.

☐ 메시지   ☐ 영상 통화(얼굴 비공개, 목소리만 공개)
☐ 영상 통화(얼굴, 목소리 모두 공개)   ☐ 대면

몇 번이나 손가락이 허공에서 머뭇거리는 사이 뒤로 가기를 눌러야 한다는 생각이 경고음처럼 머릿속에 울렸다. 하지만 뭔가에 홀린 듯 손가락을 멈출 수 없었다.

가끔 그런 날이 있다. 평소와 다른 행동을 하게 되는 날. 원래의 내가 아닌 다른 사람이 되어 버린 것 같은 날. 그게 어제나 오늘이라면 충분히 납득이 가능했다. 하지만 내가 슬픔이라는 걸 털어놓을 수 있을지는 미지수였다. '그날' 이후 나는 단 한 번도 내 마음을 털어놓아 본 적이 없으니까. 어쩌면 스스로에게도.

뭔가 감정이 크게 동요할 때마다 나는 그걸 모른 체하기 바빴다. 덕분에 학교에서 내 별명은 '돌부처 이은하'였다. 표정의 변화가 잘 없는 데다 뭐든지 괜찮다고 말해서였다.

어차피 서비스를 받지 못해도 상관없다는 생각에 결국 나는 슬폼 스트리밍 서비스를 신청하고 말았다. 확인하고 싶었다. 아빠가 가지고 있던 명함 속 슬픔 스트리밍 서비스의 실체를. 아빠가 가지고 있는 슬픔의 실체를. 그렇게 신청한 슬픔 스트리밍이 오늘 저녁이었다.

"무슨 일 있어? 매운 걸 다 먹고."

정곡을 찌르는 말에 놀라 고개를 돌리니 봄이가 나를 빤히 바라보고 있었다. 봄이는 벌써 배가 부르다는 듯 절반이나 남은 컵라면을 내려놓은 채였다. 봄이의 진갈색 눈동자와 눈이 마주치자 마음이 뜨끔했다. 가끔 봄이를 보면 내 속내를 꿰뚫어 보는 것 같은 기분이 든다. 늘 뭐든지 꼬치꼬치 캐묻지 않고 남에게 크게 관심이 없어 보이는데 말이다. 그래서 늘 봄이 앞에서는 오히려 긴장하게 된다. 나의 '척'이 통하지 않을 수도 있기 때문이다.

"그냥. 갑자기 머리도 좀 아프고 몸이 좀 안 좋네. 오늘 학원 가지 말까 봐."

괜히 기지개를 켜며 어색하게 웃어 보였다. 스스로도 목소리의 옥타브가 높아진 것 같고 말투나 표정도 부자연스럽게 느껴졌다. 관절이 잘 맞지 않아 삐걱대는 인형이 된 것 같아 나도 모르게 얼굴이 달아올랐다.

"아, 뭐야. 배신자! 엄마가 허락하셔? 나도 빠질까? 그럼 엄마한테 죽겠지? 학원 가면 나 진짜 샘한테 죽는데."

짹짹거리는 듯 높고 빠른 혜주의 말이 쉴 새 없이 날아들었다. 그놈의 '죽는다' 소리가 말 한마디에 도대체 몇 번이나 등장하는지 알 수 없다고 생각하던 찰나였다.

"그렇게 죽고 싶어? 죽는 게 쉬워?"

잡아 채기도 전에 말이 튀어 나갔다. 뒤늦게 입을 다물었지만 이미 늦었다.

"갑자기 왜 그래? 오늘따라 진짜 이상하다, 너."

혜주의 얼굴이 붉어졌다. 곧 이어질 장면이 드라마를 보는 듯 생생하게 머릿속에 그려졌다. 혜주는 두 눈에 눈물을 그렁그렁 달고 화를 낸다.

"어떻게 네가 나한테 그렇게 말할 수 있어? 요즘 내가 얼마나 스트레스받는지 네가 제일 잘 알면서."

자기 마음에 하나도 공감해 주지 않는 냉정한 사람 취급을 하며 주변의 시선 따위는 아랑곳하지 않고 소리 높여 엉엉 운다. 그러면 봄이는 곤란해하며 혜주를 달랠 거고 그러면 나는…….

거기까지 상상한 나는 그대로 뒤돌아서서 편의점을 나섰다. '딸랑' 하는 풍경 소리만 내 뒤를 따라왔다. 나는 이를 앙다문 채 사람들 사이를 빠르게 헤쳐 걸었다.

평소였다면 바로 혜주에게 사과했을 것이다. 아니, 이런 일을 만들지 않았을 것이다. 하지만 오늘은 자신 없었다. 인내심 따위는 애초에 바닥난 지 오래였다. 더 있다가는 무슨 말을 쏟아 낼지 알 수 없었다.

'사소한 일에도 이렇게 감정이 롤러코스터를 타면서 죽음에 대해 뭘 안다고 매일 죽겠다 소리야? 죽는 게 쉬운 줄 알아? 그렇게 말하면 네가 좀 주인공 같다고 생각해? 네 그 죽겠다는 타령에 매일 움찔대는 사람이 있다는 건 알기나 해?'

그런 말을 다다다다 내뱉었을지도 모른다. 아니, 내뱉고 싶었다. 이왕이면 고래고래 소리치면서. 더 있다가는 분명히 사고를 쳤을 것이다.

가까스로 이성을 되찾아 그대로 뒤돌아 나온 게 다행이었다. 나는 걷다 말고 별안간 멈춰 서서 카페의 전면 유리창에 비친 내 얼굴을 바라보았다. 이럴 때 혜주처럼 눈물이라도 나면 좋을 텐데 눈물은커녕 내 얼굴은 평온하기만 했다. 속에서는 슬픔 대신 화가 부글부글 끓어오르고 있었다.

아무도 슬퍼하지 않는 밤

'달칵'하는 소리가 들리고도 한참 지나서야 방문이 느리게 열렸다. 잠깐 사이에 지글거리는 소리와 함께 고소한 어묵볶음 냄새가 훅 끼쳤다. 엄마가 내 동태를 살피는지 잠시 그림자가 어른거렸다. 나는 잠든 척 모로 누운 채 숨을 죽였다.
"누나 많이 아프대요?"
"그런가 봐. 아프다는 소리 잘 안 하는데……. 지금은 잠든 것 같네. 누나 쉬게 괴롭히지 마. 약국 가서 약 좀 사 오고."
"알았어요. 그럼 갔다 오는 길에 아이스크림 하나 사 먹어도 되죠? 엄마, 혹시 먹고 싶은 거 있어요? 엄마 것도 사 올게요."
두런두런 이야기하는 우주와 엄마의 소리가 들려왔다. 아파서 학원을 빼먹었다는 말에 엄마는 내 이마를 짚었을 뿐 다른 말은 하지 않았다. 자주 학원을 빼먹는 우주가 그랬다면 꼬치꼬치 캐묻거나 훈계를 했겠지만 내게는 그러지 않았다. 늘 별말 없이 고개를 끄덕여 주었다. 평소 꾀병이나 게으름을 잘 피우지 않는 데다 뭔가를 사 달라거나 해 달라는 게 없어서인지 아니면 그저 내가 불편해서인지는 알 수 없지만. 하긴 아빠도 선생님들도 내 말은 잘 들어 주는 편이었다. 그게 내 '척'과 모범생 연기의 효과였다.

방문이 닫히는 소리가 나고도 한참 뒤에야 나는 숨을 뱉으며 눈을 떴다. 창문으로 들이치는 희미한 불빛에 사물의 윤곽만 흐리게 보였다. 내 방인데도 낯설었다.

"멍청한 게."

나는 반대편으로 돌아누워 방문을 노려보았다. 아까 내가 들어설 때만 해도 저녁을 준비하는 엄마 옆에서 시금치무침을 집어 먹던 우주는 분명히 환하게 웃고 있었다. 오늘 있었던 일에 대해 조잘조잘 떠들고 있었다. 오늘이 무슨 날인지 정말 아예 모르는 것처럼.

설마 기억하지 못하는 걸까.

고작 사 년 전 일이다. 사 년은 길다면 길지만 어떤 기억은 한 치도 바래지 않고 점점 더 선명해지는 시간이기도 하다.

그때 우주는 열한 살이었다. 어른들의 착각과 다르게 열한 살이면 알 건 다 아는 나이다. 어른들이 모르길 바라는 이야기까지도. 어른들이 굳이 목소리를 낮춰 이야기하는 일일수록 오히려 더 잘 알게 되는 법이니까. 자세한 사정은 모르더라도 엄마가 죽었다는 사실과 장례식장에 흐르던 이상하고 해괴하던 분위기까지 모를 리도 기억하지 못할 리도 없다. 그저 우주는 '여느 평범하고 행복한 가족 연기하기'라는 우리 가족의 과제를 누구보다 잘 수행하고 있는 거다.

아무 일도 없었던 것처럼.

그게 우리가 지난 사 년을 지나온 방식이었다. 일 년 전에도, 이 년 전에도, 삼 년 전 오늘도 아무 일도 없었던 것처럼 아무것도 기억하지 못하는 것처럼 지냈다.

그런데 왜 이제야 부글부글 속이 끓어오르는지 알 수 없었다. 자꾸만 화가 끓어올라서 "꽥!" 소리라도 지르고 싶었지만 그럴 수 없었다. 나는 숨과 함께 불덩이 같은 고함도 삼켰다. 여덟 시 정각이 되자 문자가 도착했다.

> 비대면 슬픔 스트리밍 서비스 링크입니다.
> 앱을 설치하고 지금 바로 접속하세요.
> 아래의 링크를 누르고 서비스 신청 시
> 설정한 비밀번호를 입력해 주십시오.

나는 일어나 벽에 기대앉았다. 웃음이 새어 나왔다. 내 슬픔을 스트리밍해 준다니. 얼마나 이상하고 웃기는 서비스일까. 무선 이어폰을 귀에 끼고 링크에 접속했다. 얼마 지나지 않아 휴대 전화 화면 위로 처음 보는 여자의 얼굴이 떠올랐다.

―안녕하세요, 돌부처 님. 설정하신 별명을 보고 한참 웃었답니다. 별명이 왜 돌부처인가요?

> 표정 변화도 별로 없고 감정 기복이 없다고 친구들이 지어 준 별명이에요.

―아, 그렇군요. 슬픔 스트리밍 서비스는 이번이 첫 이용이신가요?

> 네.

―그럼 먼저 서비스에 대해 다시 한번 간단히 설명해 드릴게요. 슬픔 스트리밍 서비스는 말 그대로 슬픔 소유자, 즉 돌부처 님의 슬픔을 듣고 제가 대신 슬퍼해 드리는 형태의 서비스입니다. 일종의 공감, 여기서 더 나아가 감정에 공명하는 서비스라고 볼 수 있죠. 비슷한 슬픔을 겪은 사람이 스트리머로 배정되거든요. 그렇기 때문에 슬픔 소유자의 솔직함과 자세한 털어놓기가 가장 중요합니다. 물론 처음에는 어려울 수 있습니다. 너무 잘 이야기하려고 애쓰실 필요도 없고 마음 내키는 대로 말씀해 주시면 됩니다. 채팅 서비스로 신청해 주셨는데 언제든지 영상으로도 전환

이 가능하니 말씀해 주세요.

네.

―상실, 그중에서도 가족의 죽음을 상실의 슬픔으로 꼽으셨습니다. 그 경험에 대해서 하실 수 있는 만큼만 저한테 말씀해 주실 수 있을까요?

순간 콧속에 비린 비 냄새가 가득 고였다. 숨을 길게 내쉬었지만 그럴수록 그 냄새는 짙어지기만 했다. 머릿속이 새하얘졌다. 첫 질문부터 말문이 막혔다. 아니, 손가락이 굳었다.

뭐라고 말해야 할지 알 수 없어서 화면 속 여자를 가만히 바라보았다. 비슷한 슬픔을 겪은 사람이라니. 이 사람도 가족을 잃었을까. 그렇다고 해서 이 사람이 내 슬픔을 잘 스트리밍할 수 있을까. 아니, 애초에 내게 슬픔이라는 게 있을까. 나는 슬프기보다 화가 났다.

한참 시간이 흘러도 여자는 재촉하지 않고 가만히 기다렸다. 시선이 카메라를 향하고 있어서 정말 나를 들여다보고 있는 기분이었다. 나는 아랫입술을 깨물었다. 그대로 프로그램을 종료시키려는 순간 그런 나를 알아챈 듯 여자가 말했다.

―재촉하지 않겠습니다. 이야기할 준비가 될 때 말씀해 주시면 돼요. 아무래도 죽음에 대한 이야기는 모두 하기 어려워하니까

돌부처 님도 지금까지 제대로 해 본 적이 없을 거예요. 그런데 죽음에 대한 이야기를 꺼내는 것, 그게 시작이거든요. 저희에겐 아직 시간이 있어요.

명상 영상에서 흘러나올 법한 속삭이는 듯 낮고 차분한 목소리로 여자는 말했다. 슬픔 스트리밍 서비스는 1회당 오십 분이었다.

화면 오른쪽 아래에는 남은 시간이 표시되고 있었다. 이제 이십 분 남았다. 이십 분 안에 내가 뭔가를 말할 수 있을까? 숨을 고르자 다시 비 비린내가 흘러들었다. 창밖은 여전히 맑고 건조했다. 나는 내 이야기를 말하는 대신 물었다.

> 이런 일을 왜 해요?

―좋은 질문이네요. 슬픔은 꺼내 놓는 게 중요하니까요. 저는 돌부처 님의 슬픔을 조금은 이해할 수 있는 사람이거든요. 다른 사람의 불행을 보고 위로받으라는 뜻이 아니에요. 적어도 같은 슬픔을 겪은 사람끼리 이야기를 나누면 나아지거든요. 제 이야기는 돌부처 님의 이야기를 먼저 듣고 나서 해 드릴게요.

이해할 수 있다고? 도대체 뭘? 가족 중에 죽은 사람이 있다는 이유만으로 이렇게 쉽게 다른 사람을 이해한다고 말할 수 있는 건가.

평온한 스트리머의 목소리를 듣자 다시 화가 치밀어 올랐다.

아니, 사실 나는 늘 화가 났다. 돌부처라는 별명과 다르게 내 속에서는 어느 순간부터인지 쉽게 화가 끓어올랐다. 아주 사소한 것에도.

누군가가 새치기하거나 신호등을 지키지 않는 모습을 볼 때도, 우주가 엄마와 사이좋게 장을 보고 올 때도, 아빠가 밤에 엄마와 마주 앉아 맥주를 마시며 웃을 때도, 엄마도 아빠도 우주도 내게 별다른 말을 하지 않을 때도, 혜주가 늘 죽고 싶다고 말할 때도.

아무 일이 없지만 세상이 멸망해 버렸으면 좋겠다고 생각한 때도 가끔 있었다. 날씨가 완벽하게 좋을 때도, 무탈하고 평화로운 풍경을 볼 때도 그랬다.

누군가가 내 속을 들여다보면 '이렇게 못됐다니!' 하고 놀랄 것이다. 그걸 들키지 않기 위해 나는 그저 괜찮은 척할 뿐이고 감정이 흘러넘치지 않도록 마음속 깊은 곳에 가두는 것이다.

스트리머는 인내심이 좋은 편이었다. 내가 여전히 아무 반응을 하지 않아도 찡그리거나 재촉하지도 않고 시선을 다른 데로 돌리지도 않았다.

―아무래도 어렵죠. 상실에 대해 말하기 어렵다면 무슨 말이든 떠오르는 대로 이야기해 주시겠어요?

> 사실 스트리밍할 슬픔 따위는 없어요. 화라면 모를까. 저는 늘 화가 나요.

―슬픔은 다양한 형태로 나타난답니다. 그게 화라는 형태일 수도 있어요. 어쩌면 화가 나는 만큼 슬픈 것일 수도 있다는 이야기지요. 특히 청소년기에는 더 그렇다는 연구 결과도 있어요. 저도 그랬고요.

나는 눕듯이 기대고 있던 등을 벽에서 뗐다. 여자는 만만치 않았다. 나는 얼굴을 찌푸리며 볼륨과 화면 밝기를 낮췄다. 하고 싶은 말도, 할 말도 없었다. 사실 나는 슬픔이니 상실에 대해 생각해 보기는커녕 우는 장면이 나오는 영화나 드라마조차 보지 않았다. 왠지 그런 모습을 보고 나면 참을 수 없이 화가 나서였다. 그 대신 나는 예능이나 음악 방송을 주로 보았다. 보고 나서 뒤돌아서면서 쉽게 잊을 수 있는 것, 오래 생각하지 않을 수 있는 것이 좋았다. 그러는 사이 종료음이 경쾌하게 울렸다.

―시간이 끝났네요. 슬픔 스트리밍 서비스는 슬픔을 스스로 재생할 수 없는 사람들을 위한 서비스예요. 아무 말도 하지 못한다는 건 그만큼 슬프고 힘들다는 뜻이니까 이 서비스를 이용하지 않더라도 그걸 꺼내는 시도를 계속해 보길 바라요. 그럼 마음껏 슬퍼하시길.

가만히 웃는 여자의 얼굴이 왠지 슬퍼 보였다. 슬퍼 보인다니. 겨우 한 시간인데 나도 세뇌당한 게 틀림없다. 나는 피식 웃으며 휴대 전화 화면을 껐다. 게다가 저주도 아니고 마음껏 슬퍼하라니 어이없는 말이었다.

딱히 한 것도 없는데 스트리밍 서비스가 끝나자 이상하게 몸에 힘이 쭉 빠졌다. 도대체 나는 뭘 기대했던 걸까. 언제나 무표정한 아빠의 표정이 떠올랐다. 아빠는 기쁜 순간조차 아주 미약하게 입꼬리가 올라갈 뿐 늘 무표정했다. 그만큼 감정적이지 않고 언제나 이성적인 사람이었다.

그날도 아빠는 울지 않았다. 입을 가로로 굳게 다문 채 해야 할 일을 빠르게 해결했다. 부검, 타살 혐의점 같은 단어 앞에서도 의연한 듯 표정이 바뀌지 않았다. 이런 일이 일어날 것을 마치 알고 있었던 사람처럼. 그런 아빠가 이런 말도 안 되는 서비스의 명함을 가지고 있었다는 게 도무지 믿기지 않았다.

"거지 같아……."

그 말을 뱉으며 침대에서 일어났다. 옆얼굴에 시선이 느껴졌다. 고개를 돌리니 방문이 열려 있었다. 우주는 약 봉투와 물컵을 들고 있었다. 이어폰을 끼고 있느라 노크 소리도 문을 여는 소리도 듣지 못한 모양이었다. 잠시 일시 정지된 듯 서 있던 우주는 나와 눈이 마주치자마자 '땡' 하고 풀렸다.

"천하의 이은하가 이렇게 우는 걸 보다니. 많이 아픈가 보네. 일단 약 먹어. 이 우주가 몸소 나가서 약을 사 왔다고. 자, 여기 둘게. 설마 먹여 줘야 하는 건 아니지?"

우주는 어깨를 으쓱하며 침대 옆 책상에 물컵과 약 봉투를 올려놓았다. 엄마는 이런 일조차 우주를 시켰다. 우주와는 어느 모자보다 다정한 모자 사이처럼 친했지만 나와는 늘 멀었다. 한 발짝, 아니 다섯 발짝쯤 거리가 있었다. 엄마는 뭘 물어도 내게 바로 묻기보다 우주를 통했다. 그래서 엄마와 직접 말을 하면 어딘가 어색했다.

얼른 나가라는 듯 손을 휘휘 젓자 우주는 그대로 나갔다. 혹시 내가 우는 걸 가족에게 말할까 잠시 귀를 기울였지만 우주는 평소보다 더 들뜬 목소리로 체육 시간에 했던 농구 경기에 대해 떠들기 시작했다.

나는 방문을 잠그고 침대에 누웠다. 그제야 우주의 말이 떠올랐다.

'운다고? 내가?'

설마 하며 얼굴에 손을 대 보니 뺨이 흠뻑 젖어 있었다. "풉" 하고 웃음이 터졌다. 아무렇지 않아 하는 우주도, 이제 와서 이러는 나도 웃겼다. 사 년 전에도 나는 울지 않았다. 울지 못했다. 그러니까 사 년 전 오늘 내 진짜 엄마의 장례식을 치르던 그날도 말이다.

임계점

'획!'

눈이 마주친 혜주가 보란 듯이 고개를 돌렸다. 혜주의 고갯짓 뒤로 쌩하며 차가운 바람이 불어왔다. 나는 아무렇지도 않은 듯 어깨를 으쓱하고는 휴대 전화를 꺼냈다. 아침부터 연달아 도착한 우주의 메시지를 괜히 심각한 척 들여다보았다. 평소에는 메시지 한 통 주고받지 않는데 뜬금없었다.

> 누나, 이거 봐.

> 이것도.

링크를 클릭하자 평소 우주가 하는 시시껄렁한 농담이 반복되는 영상이 재생되었다. '혹시 어제 일에 대해 말하려나?' 마음을 졸였는데 뜬금없는 영상을 보자 부아가 났다. 답장도 하지 않고 휴대 전화를 꺼 가방에 넣었다. 하여튼 진지하거나 심각한 구석이 조금도 없는 애다. 아침에 축구공 가방을 챙겨 들고 콧노래를 부르며 현관을 나서던 우주의 얼굴이 떠올라 나도 모르게 고개를 절레절레 저었다. 이상하게 요즘 들어 우주를 생각하면 더 화가 났다. 그때 또 신경 거슬리는 목소리가 귓가에 날아들었다.

"봄이 최고! 내 마음도 다 알아주고 역시 우리 봄이야!"

혜주는 봄이의 팔짱을 끼고 내 자리 곁을 지나며 괜히 목소리를 높였다. 일부러 이렇게 주변을 맴돌며 신경을 긁는 거다. 나는 다시 이를 앙다물었다. 묵직한 통증이 턱에서부터 관자놀이까지 느리게 퍼졌다. 그때 봄이와 눈이 마주쳤다. '괜찮아?' 봄이는 입 모양으로 내게 물었지만 자기 팔에 대롱대롱 매달린 혜주에게 끌려 갔다.

"유치하기는."

혼자 그렇게 중얼거리고는 이번엔 책을 꺼내 집중하는 척 책장을 넘겼다. 어떤 행동이 혜주를 열받게 할 수 있는지 알기 때문이다. 이럴 때는 감정을 쉽게 드러낼수록 불리하다.

봄이는 우리 사이에서 곤란한 듯 보였지만 어린애처럼 징징거리는 혜주 옆을 벗어나지 못했다. 우리 반 아이들도 우리 셋의 균열을 흥미롭게 지켜보고 있었다. 비슷한 하루가 반복되는 교실에서 그것만큼 재미있는 것도 없을 테니까.

"와, 나는 그렇게는 못 살아. 스트레스받아서 콱 죽어 버릴걸."

교실 안의 웅성대는 소리를 뚫고 혜주의 높고 통통 튀는 목소리가 들렸다. 또 죽는다는 소리였다. 나는 자리에서 벌떡 일어섰다. 하루가 지났는데도 바닥난 인내심은 채워지지 않았다. 아니, 이제는 인내심이 아예 사라진 듯했다. 혜주와 봄이도, 반 아이들도 일순간 나를 바라보았다. 혜주는 잠시 나를 힐끔 보더니 고개를 홱 돌렸다.

임계점. 무엇이든 한계에 도달하는 순간이 온다. 나는 소리치거나 혜주에게 달려드는 대신 마지막 남은 인내심을 끌어모아 교실 밖으로 나왔다. 수업 시작을 알리는 종소리가 등 뒤에서 들렸지만 내 발걸음은 자꾸만 빨라졌다. 안데르센의 동화 속 빨간 구두가 카렌을 끊임없이 춤추게 만들면서 이곳저곳 끌고 다닌 것처럼 남색 삼선 슬리퍼가 내 발을 밖으로 이끌고 있었다.

체육 수업이 없는지 운동장은 비어 있었다. 수업이 시작된 학교는 고요하기만 했다. 쿵쿵대는 심장 소리가 귓가에 울리고 있었다. 제멋대로 교실을 벗어난 건 처음이었다. 지금이라도 아무 일 없었다는 듯이 교실로 돌아가면 되었다. 그럼 아무 일도 일어나지 않을 것이다.

참으면 모든 건 잠잠해진다. 속이야 어떻든 아무렇지 않은 척 선을 넘지 않으면 평화롭다. 그건 아주 잘 알고 있다. 그래서 나는 이제까지 아주 작은 규칙도 답답할 정도로 잘 지켜 왔다. 선을 지켰고 늘 참았다.

하지만 지금은 그러고 싶지 않았다. 나는 그대로 운동장을 가로질러 교문을 벗어났다. '누가 잡아채지 않을까?' 등에 온통 신경이 곤두섰지만 허무할 만큼 아무도 내게 관심이 없었다. 교문 옆 지킴이 아저씨도 화단 잡초를 뽑느라 내가 나가는지도 모르는 눈치였다.

학교 앞 사거리 위로 세찬 햇살이 내리쬐고 있었다. 가로수도 여름 빛깔로 짙어 있었다. 교문을 벗어나도 아무 일도 일어나지 않았다. 오히려 한낮의 거리는 평소보다 좀 더 느긋하고 평화로워 보였다. 나만 빼고.

창밖을 스쳐 지나가는 건물의 키가 점점 작아지는가 싶더니 창밖으로 이제 논밭이 더 많이 보였다. 종점에 가까워진다는 신호였다. 하나둘 자리가 비어 가던 버스 안에 어느새 나 혼자만 남아 있었다.

가끔 상상해 본 적 있다. 학교 가는 버스 안에서, 학원을 다녀오는 버스 안에서 내려야 할 정류장에 내리지 않고 그대로 타고 지나쳐 버리는 장면이나 나도 모르는 곳으로 버스에 실려 아무도 모르는 곳에 숨어 버리는 장면 따위 말이다. 비 냄새가 나거나 화가 날 때 그리고 모범생인 '척', 아무렇지 않은 '척' 할 때마다 자동으로 그런 장면이 떠올랐다. 물론 실행에 옮기지는 않았다.

어제부터 온데간데없이 사라져 버린 인내심 때문에 이성의 끈이 끊어진 게 틀림없었다. 나는 길거리를 걷다 말고 때마침 정류장에 멈춰 선 버스에 바로 올라탔다. 어차피 반대편 도로로 가서 같은 번호의 버스를 타면 돌아올 수 있으니까. 바퀴 위 자리여서 한껏 솟아 있는 좌석에 앉아 버스 노선도를 가만히 살펴보던 나는 일시 정지 되었다.

설마 이 모든 게 우연일까.

어쩌면 아빠에게서 발견된 명함도, 혜주와 싸운 일도, 평소보다 더 쉽게 치밀던 화도 모두 지금을 위한 장치처럼 여겨졌다. 문학 작품에서 배우던 복선, 징조 같은 것 말이다. 나는 자리에서 아예 일어나 버스 손잡이 위쪽에 붙은 노선도를 쳐다보았다. 버스 종점에 눈길이 오래 머물렀다.

'평화 영원 공원.'

사 년 전에 왔고 그 이후로는 단 한 번도 올 수 없었던 곳이다. 이곳에 올 생각을 왜 지금까지 한 번도 못 했을까. 아빠는 여기에 한 번이라도 더 온 적이 있을까.

"학생, 안 내려요?"

기사 아저씨의 외침에 생각에서 깨어난 나는 허둥거리며 정류장에서 내렸다. 붉은 벽돌로 된 낡은 정류장에는 사람 한 명 없었다. 눈앞에 평소 보는 풍경과 전혀 다른 풍경이 펼쳐졌다. 옅고 짙은 수많은 초록이 제각각의 색을 내뿜으며 눈부시게 푸른 들판을 채우고 있었고 고개를 돌리자 완만한 언덕이 보였다. 언덕 위에 있는 회색빛 건물은 너무 커서 주변과 전혀 어울리지 않았다.

나는 손차양하고 눈을 잔뜩 찌푸린 채 그 건물을 노려보았다. 딱 한 번 봤는데도 가끔 꿈에 나왔던 곳이다. 꿈에서 나는 미로처럼 생긴 건물 안에서 길을 잃고 끊임없이 맴돈다. 아무리 걷고 걸어도 도무지 길을 찾을 수 없고 나중에는 도와달라고 소리치려고 애쓰지만 목소리는 전혀 나오지 않는다. 그 꿈을 꾸고 나면 여지없이 몸이 아팠다.

천천히 언덕을 오르기 시작했다. 어느새 해가 정수리 위까지 떠올라 햇살이 따가웠다. 지금쯤이면 학교는 점심시간일 것이다. 종이 치자마자 급식실로 뛰어가는 아이들과 오히려 천천히 먹으려고 삼삼오오 모여 수다 떠는 아이들, 급식 식단표를 확인하는 목소리와 소란스러움이 선연하게 떠올랐다.

하지만 나는 그 풍경에서 벗어나 이곳에 있다. 이상한 기분이었다. 어색하지만 묘한 쾌감도 퍼져 나갔다.

평화 영원 공원 입구에 들어서자 회색빛 건물, 그러니까 봉안당 세 동이 눈에 들어왔다. 왼쪽으로 꺾으면 나오는 길로는 넓은 들판이 이어져 있었다. 회색빛 건물은 유골함을 모시는 봉안당이고 왼쪽 들판에는 수목장을 한 사람들의 나무가 있는 곳이다. 나는 왼쪽으로 발걸음을 틀었다. 완만한 언덕에 모양이 엇비슷한 나무들이 오와 열을 맞춰 줄지어 서 있었다. 죽은 사람이 이렇게나 많다는 사실에 새삼 놀랐다.

사람은 모두 죽는다.

그 단순한 명제는 모두가 안다. 나도 알고 있던 사실이다. 누군가의 죽음을 직접 마주하기 전까지는 죽음에 대해 딱히 생각해 볼 일이 없다. 평범한 하루를 살아갈 때는 죽음이 너무 멀게만 느껴져, 드라마나 영화, 뉴스에만 나오는 것 같다. 그러니까 나도 그랬다. '그날'이 오기 전까지는.

나무들을 눈으로 열심히 훑었지만 엄마의 나무가 어디쯤 있는지 기억나지 않았다. 그때 나는 잠에 취해 어른들의 뒤꿈치만 쫓아다녔으니까. 발꿈치, 흙길, 날카로운 울음. 그날은 그런 방식으로만 기억난다. 잔뜩 찢긴 조각으로만.

"엄마는 나무가 되어 쉬는 거야."

그렇게 말한 사람도 있었다. 그게 누구였는지 기억나지는 않지만 그 말에 아랫입술을 세게 깨문 감각만은 선명히 남아 있다. 어른들은 자기 편의대로 아이들을 대한다. 어떤 때는 너무 쉽게 다 큰 어른처럼 취급하고 또 어떤 때는 아무것도 모르는 어린아이로 취급한다. 열네 살짜리가 엄마의 죽음을 그 말로 쉽게 납득할 거라고 생각한 걸까. 하지만 나는 왠지 쪼그라든 것만 같은 아빠의 등을 바라보면서 고개를 끄덕였다. 누군가는 이런 말도 했다.

"은하야, 괜찮다. 다 괜찮아질 거야. 동생도 잘 보고 말도 잘 듣고 씩씩하게 살아야 해. 그래야 아빠가 살아."

그때도 나는 고개를 끄덕였다. 그 말을 이해해서라기보다 그렇게 하지 않으면 안 될 것 같아서였다. 그런 기억은 생생한데 정작 엄마 나무의 위치는 도무지 기억나지 않았다.

"으어어어……."

그때 동물의 비명 같은 울음소리가 들려왔다. 순간 짜증이 확 돋았다. 납골당에서 울음이야 흔하겠지만 그 모양이랄까 높이가 좀 달랐다. 게다가 한 사람의 소리가 아니었다. 여러 울음소리가 섞인 듯한 소리는 불협화음 같았다. 소리가 나는 방향을 바라보니 이상한 사람들이 한눈에 들어왔다. 보라색, 주황색, 빨간색. 색깔은 다르지만 모양은 같은 다양한 색깔의 티셔츠를 입은 사람들이 나무 앞에 주저앉아 울고 있었다.

상복도 아니고 체육 대회를 할 때 맞춰 입는 쨍한 빛깔의 단체 티셔츠를 입은 채 소리 높여 우는 그들은 좀 미친 것처럼 보였다. 게다가 자세히 살펴보니 모두 나이대도 다르고 서로 닮은 구석도 없어 보였다. 도대체 뭘까. 나도 모르게 발걸음을 멈추었다.

그때 나무 앞에 멍하니 앉아 있던 보라색 티셔츠를 입은 사람과 눈이 마주쳤다. 내 또래 남자아이였다. 괜히 머쓱해져 혼자 주변을 두리번거리는 척하며 다시 걷기 시작했다. 이상한 사람과 엮이면 좋을 게 없다.

거의 세 시간 동안 헤매고 나서야 겨우 엄마의 나무를 찾았다. 종아리에 모래주머니를 매단 것처럼 다리가 무거웠고 온몸은 땀으로 젖어 있었다. 엄마의 나무는 동쪽 세 번째 줄 가장자리에 있었다. 엄마의 나무에는 명패가 달려 있었다.

'고 유혜연, 좋은 곳에서 평안하길.'

굵은 고딕체로 인쇄된 문구 위에 엄마 사진이 든 작은 펜던트도 박혀 있었다. 사진 속 엄마는 온 얼굴로 환하게 웃고 있었다. 엄마가 이렇게 생겼나. 이렇게 웃던 때도 있었나. 열네 살까지는 분명히 보던 얼굴인데도 기억이 희미했다. 십사 년과 사 년은 길이를 비교할 수 없을 만큼 다른데도 이렇게 엄마의 얼굴이 쉽게 희미해지다니 이상한 일이었다.

나는 엄마가 두 명이다. 한 명은 여기 나무 아래 잠들어 있고 다른 한 명은 집에 있다. 두 사람의 얼굴이 겹쳐졌다가 동시에 흐려졌다. 내게 선명한 얼굴은 지금의 엄마다.

하지만 마음의 크기로 따지자면……. 거기까지 생각한 나는 생각을 억지로 끊어 냈다. 생각하는 것만으로도 죄책감이 들 때가 가끔 있다. 지금의 엄마는 분명히 좋은 사람이다. 아빠가 괜찮아진 것도, 우주가 더 밝아진 것도, 언뜻 보기에 그저 평범하게 보이게 된 것도 지금의 엄마 공이 크다.

하지만 그렇다고 지금의 엄마와 친해질 수 있는 건 아니었다. 사실 나는 아직도 새엄마와 제대로 눈을 마주친 적이 없다.

나는 사진 속 엄마의 얼굴을 골똘히 들여다보았다. 아빠가 사진을 다 치워 버린 데다 따로 간직하는 사진도 없어서 엄마의 얼굴을 더는 볼 수 없기 때문이다. 물론 뒤돌아서면 또 기억나지 않을 게 뻔했다.

"엄마."

그렇게 부르자 매캐한 매연을 오래 들이마신 듯 목이 칼칼해졌다. 다시 한번 "엄마"라고 발음해 보았지만 울음이 터지지 않았다. 목을 아무리 가다듬어 보아도 목이 꽉 막힌 듯 울음도 말도 더 나오지 않았다. 사실 엄마의 나무와 마주치자마자 눈물이 터질 수도 있겠다고 생각했다. 기대했다. 어젯밤에는 울었으니까. 엄마의 죽음 앞에서는 딸이 우는 게 정상일 테니까. 하지만 오늘은 울음이 터지긴커녕 눈물조차 나오지 않았다.

나는 나무 앞, 길에 아무렇게나 주저앉아 휴대 전화를 켰다. 곧바로 슬픔 스트리밍 서비스에 접속했다. 지금 바로 가능한 슬픔 스트리밍 서비스를 신청했다. 다행히 당장 서비스가 가능하다는 문구와 함께 링크가 도착했다.

―어제 만난 그분이네요. 다시 한번 올 거라고 생각했어요. 이제는 말할 준비가 되었나요?

> 눈물이 안 나와요. 아니, 슬프지 않아요. 감정이 사라져 버렸어요.

임계점

언제부터인지 내게서 감정이 사라졌다. 화 말고는 모든 감정이 거의 바닥을 드러냈다. 마음이라는 게 완전히 사라져 버린 것처럼. 그래서 나는 '척'했을 뿐이다. 친구들과 가끔 영화를 볼 때도 언제 울어야 할지, 언제 웃어야 할지 몰라서 곤란할 때도 있었다.

— 그만큼 슬픔과 힘듦을 억눌렀기 때문일 거예요. 저도 그랬거든요. 억누른 감정은 사라지지 않아요. 그 압력만큼 당신의 마음이 찌그러진 채 감정이 기능을 상실하고 제대로 작동하지 못하는 거죠. 일단 지금은 그냥 떠오르는 대로 아무 말이나 해 주세요. 제가 그걸 스트리밍해 드릴게요.

여자는 그 말만 하고 나를 가만히 기다렸다. 적당한 온도의 바람이 내 머리를 끊임없이 뒤로 쓸어 넘기고 있었다.

연달아 문자 메시지가 도착하는가 싶더니 스트리밍 화면 위로 전화가 계속 걸려 왔다. 담임 선생님과 혜주, 봄이와 엄마 아빠가 번갈아 가며 전화를 하고 있었다. 전화를 받아서 이렇게 말하면 어떨까.

"지금 엄마 나무 앞에 있어. 납골당에."

그럼 아빠는 어떤 표정을 지을까. 우주는 어떤 말을 할까. 또 엄마는. 지금의 엄마에게 진짜 엄마에 대해 이야기하는 상상을 한다. 아빠와 우주에게 그날을 기억하냐고 묻는 상상을 한다. 상처 받는 눈들을 생각한다. 그런 얼굴이 보고 싶은 나는 어쩌면 어딘가 고장 난 인간인지도 모른다. 마음 어딘가가 완전히 망가진 건지도. 착하고 참 어른스럽다고, 배려심 깊고 요즘 애들 같지 않다는 소리를 듣는 나지만 마음 한편에는 늘 이런 뾰족한 마음이 솟아 있다.

전화를 받는 대신 나는 방해 금지 모드를 켜고 손가락을 움직이기 시작했다.

아빠, 아빠는 그때 왜 안 울었어? 그때 나는 항상 그게 제일 궁금했어. 장례가 끝나자마자 엄마 흔적을 왜 치웠어? 왜 늘 아무 일도 일어나지 않은 것처럼 굴어? 왜 그렇게 빨리 새엄마를 만난 거야? 엄마의 빈자리를 채우면 아무 일도 없는 게 되는 거야? 아빠한테 엄마는 아무것도 아니었어?

우주, 너는 뭐가 좋다고 매일 그렇게 헤실거려? 어제가 무슨 날인지 기억 못 해? 아무리 새엄마가 잘해 준다지만 진짜 엄마는 기억도 안 나? 너는 진짜 아무렇지도 않아? 엄마한테 미안하지도 않아?

이은하. 네가 제일 문제야. 너는 어쩌면 애초에 고장 난 인간인지도 몰라. 너부터 엄마가 죽었는데 울지도 않아 놓고 누굴 탓하는 거야. 네 마음이 그렇게 망가졌다는 걸 알면 아무도 너랑 안 놀고 싶어 할걸. 어쩌면 네 엄마도 그런 널 알아서 그렇게. 그렇게…….

손가락이 멈췄다. 여자는 아무 말이 없었다. 화면을 바라보니 여자는 눈물을 흘리고 있었다. 숨을 헐떡이며 울고 있었다. 가쁜

호흡 소리가 들려왔다. 저게 정말 내 슬픔일까. 저만큼이나 슬픈 걸까. 여전히 나는 슬프기보다 화가 났다. 나를 두고 그렇게 가 버린 엄마에게, 우울 따위에 진 엄마에게, 그렇게 사랑한다면서 나와 우주를 떠올리지 않고 그런 선택을 한 엄마에게.

하지만 여자의 우는 얼굴을 보니 왠지 안심이 되었다. 여자의 눈물이 나의 슬픔을 증명해 주는 것 같아서. 내가 슬픈 게 맞다면 내가 이상한 사람이 아니라는 것일 테니까.

그때 어디선가 높고 가느다란 울음소리가 들렸다. 소리가 나는 쪽으로 다가가니 새끼 고양이 한 마리가 회양목 덤불 사이에 웅크린 채 울고 있었다. 한눈에 봐도 상태가 안 좋아 보였다. 한쪽 눈가는 눈곱이 잔뜩 낀 채 짓물러 있었고 바들바들 온몸을 떨고 있었다. 옅은 회갈색 털로 뒤덮인 새끼 고양이는 다리가 짧았고 꼬리는 먼지떨이처럼 풍성하고 커다랬다. 길에서 자주 보던 고양이는 아니었다. 누군가가 여기에 버리고 간 걸까, 아니면 길을 잃은 걸까.

주변을 둘러보았지만 고양이의 어미나 형제는 보이지 않았다. 길고양이를 주울 때는 조심해야 한다고 들었다. 사람 손이 닿아 냄새가 달라지면 어미가 그 새끼를 버린다고. 사람이고 고양이고 왜 이렇게 제 자식을 책임지지 못하는 걸까. 나는 이를 앙다물었다. 관자놀이에 통증이 번개처럼 스쳐 지나갔다. 나는 뒤돌아 엄마의 나무를 바라보았다. 엄마에게 보란 듯이 쪼그려 앉은 채 고양이를 향해 손을 뻗었다. 그때 등 뒤에서 목소리가 들려왔다.

"저기……."

나는 뒤돌아보지 않은 채 내게 다가오는 고양이를 안아 들었다.

상실의 5단계

 심리학자 엘리자베스 퀴블러 로스는 죽음과 상실에 다섯 가지 심리적 단계가 있다고 했다. 첫 번째 단계는 '부정'으로 상실이 발생했다는 것을 받아들이는 것을 거부하는 단계다. 두 번째 단계는 '분노'다. 상실이 발생해야 하는 이유를 끊임없이 되물으면서 분노한다. 세 번째 단계는 '타협'으로 상황을 되돌리고 싶은 욕구와 상실에 죄책감을 느끼며 현실과 타협하는 단계다. 네 번째 단계는 '우울'이다. 절망이나 슬픔과 관련된 격렬한 감정을 느끼며 사람들과 거리를 두고 싶어 한다. 마지막 단계는 '수용'이다. 소중한 사람을 잃었다는 사실을 비로소 받아들이는 단계라고 한다.
 이 사람은 마지막 단계에까지 이른 걸까. 운전하면서도 백미러로 내 얼굴을 살피는 은강이라는 사람의 얼굴은 환했다. 방금까지 엉엉 울던 사람답게 눈가가 빨갰지만 무슨 재미있는 이야기라도 하는 듯 말투는 더없이 쾌활하고 밝았다.

"내 동생도 고양이를 진짜 좋아했는데. 그런데 나는 그걸 동생이 하늘나라 가고 나서야 알았어. 짐 정리하는데 걔 가방에서 고양이 캔하고 츄르가 한 무더기 나오더라. 그렇게 고양이를 좋아하면 키우자고 말이나 해 보지……. 사실 우리는 흔히 말하는 현실 남매였거든. 자매는 몰라도 대부분 남매야 크면서 서로 데면데면해지잖아. 당연히 속 이야기는커녕 서로 사는 얘기도 잘 하지 않고 지냈어. 그래도 그렇지. 걘 어떻게 그럴 수 있었을까. 힘들다고 말이라도 해 주지. 가끔은 원망스럽기도 한데 사실 미안함이 가장 커. 누나가 돼서는."

은강 언니는 문장이 끝날 때마다 마침표를 찍듯이 코를 훌쩍거렸다. 또 우는 걸까. 혜주급의 롤러코스터를 타는 듯한 감정 변화였다. 왠지 그 얼굴을 보기가 불편해 나는 창밖으로 시선을 돌렸다.

"삐야아아악!"

그때 내 무릎 위에 놓인 상자 속 고양이가 울었다. 고양이는 끊임없이 작은 상자 속을 헤매며 차가 멈춰 서거나 출발할 때마다 항의라도 하듯 높은 소리로 울어 대고 있었다. 덕분에 한껏 무거워지려는 차 안 공기가 좀 풀어졌다.

"무서워서 그럴 거야. 이거라도 덮어 줘."

옆에 앉은 남자아이가 가방을 뒤적이더니 수건 한 장을 건네주었다. 애는 웬 수건을 갖고 다닐까. 힐끗거리는 시선을 느꼈는지 남자아이는 자기소개를 했다.

"아, 나는 정도우라고 해. 고양이는 숨어 있어야 안정을 느끼거든. 상자 위에 덮어 줘."

재촉하듯 손을 흔드는 바람에 나는 어색하게 수건을 건네받았다. 수건에서 섬유 유연제 냄새가 폴폴 났다. 정도우의 말대로 수건을 덮어 주자 거짓말처럼 울음소리가 잦아들었다. 수건을 살짝 들어 보니 갸웃거리며 나를 바라보는 모양새가 귀여웠다. 나도 모르게 바람이 빠지듯 웃음 비슷한 것이 새어 나왔다. 오랜만에 느끼는 기분이었다. 이 와중에도 웃음이 나오다니, 역시 나는 어딘가 고장 난 게 틀림없었다. 입술을 가로 닫으며 질끈 눈을 감았다.

"귀엽지? 귀여우면 웃어도 돼. 참을 필요 없어. 이상하게 안 봐. 나는 이기연. 기연 아줌마라고 불러도 되고 기연 언니라고 불러도 좋아. 물론 언니 쪽이 더 좋지만 나도 양심이 있으니 강요는 안 할게."

조수석에 앉은 빨간색 티셔츠를 입은 기연 아줌마는 나를 향해 푸르뎅뎅한 작은 귤을 건네며 말했다. 편안해 보이는 기연 아줌마의 얼굴에 옅은 웃음기가 어려 있었다. 모두 정말 이상했다. 은강 언니는 아까부터 일 년 전 죽은 동생 이야기를 하고 있었다. 그런데도 모두 아무렇지도 않다는 듯 굴었다. 날씨 이야기나 오늘 있었던 일을 이야기하는 것처럼.

하지만 나는 그럴 수 없었다. 죽음에 대해, 그것도 스스로 목숨을 끊은 자기 동생에 대해 해맑은 얼굴로 이야기하는 사람 앞에서는 어떤 표정을 지어야 하는지, 뭐라고 대답해야 하는지 몰랐다.

자리가 가시방석처럼 불편했다. 나는 숨도 조심스레 몰아쉬며 창밖으로 고개를 돌렸다. 아무 말도 못 들은 척, 아닌 척 하는 게 내 특기니까.

까맣게 내린 어둠에 차창에 내 얼굴이 흐리게 비쳤다. 입꼬리를 끌어 올렸지만 어색했다. 그렇다고 슬픈 표정을 지으려니 얼굴이 이상하게 일그러졌다. 이러나저러나 내게는 무표정이 어울렸다. 내 기분에 화만 남은 것처럼, 표정도 거의 사라진 게 틀림없었다. 역시 차에 타지 말 걸 그랬다. 고삐 풀린 듯 끊어진 이성의 끈은 제자리로 다시 돌아올 줄 몰랐다.

학교를 나선 것과 마찬가지로 은강 언니가 데려다주겠다는 말에 차에 올라탄 건 충동적인 결정이었다.

"저기……."

뜬금없이 날아든 말에 뒤돌아보자 색색의 티셔츠를 입은 세 명이 나를 바라보고 있었다. 주황색 티셔츠를 입은 사람이 한 발 내게 다가와 말했다.

"해가 거의 졌는데 우리 차를 같이 타고 가는 게 어때? 우리는 우연시로 가는데 그 근처에 가면 네가 어디로 가든 차가 많을 거야. 여기 한 시간에 차 한 대씩밖에 안 오는 거 알지? 우리 이상한 사람 아니야. 그냥 널 혼자 여기 남겨 두는 게 걱정되어서 그래. 왠지 좀 내적 친밀감도 들고. 버스 타면 고양이도 데려가기 어려울걸.”

그때까지만 해도 고양이를 데려가겠다는 생각을 한 건 아니었다. 하지만 고양이는 내가 자기 주인이라도 된다는 듯 내 손에 헤드 번팅을 했다. 그 온기가 손끝에 닿자 왠지 기분이 이상해졌다.

“게다가 아무리 봐도 그 고양이 아픈 것 같은데……. 그래서 어미 고양이가 버린 것 같아. 데려갈 생각이면 내가 아는 수의사 샘이 있는데 지금 연락해서 진료받게 해 줄게. 오늘은 공짜. 나는 한은강이라고 해. 우연시 카페 거리에서 ‘안녕 클럽’이라는 작은 카페를 운영하고 있어. 아까 우리가 우는 걸 본 것 같아서 미리 설명하자면 우리는 서로에게 슬픔을 사고파는 사이야. 네가 보는 그 스트리밍 서비스랑 비슷한데 좀 더 함께하는 형태랄까. 혹시 못 믿겠다면 차 번호판을 찍어서 친구한테 보내도 좋아.”

결국 나는 고양이를 안아 들고 은강 언니 무리를 따라 차에 올라탔다. 혼자 고양이를 데리고 버스를 타고 집으로 돌아가기 어렵겠다는 계산이 있었던 것도, 고양이를 아는 의사 선생님께 진료를 보게 해 주겠다는 말도 크게 내 마음을 움직인 것이 맞지만 사실은 될 대로 되라는 마음이 컸다. 하지만 지금은 그 순간이 후회되었다.

"⋯⋯좀 이상하지? 너무 아무렇지 않게 이야기해서. 그런데 슬픈 사람의 전형적인 모습이라는 게 있나 뭐. 슬픔이야말로 개별적이거든. 잘 견디려고 이러는 거야. 한동안은 정말 나도 그 감정을 피하기 급급했는데 그게 제대로 슬퍼하는 게 아니더라고."

한참이나 내 대답이 없어서인지 때마침 빨간불에 정차한 은강 언니는 고개를 꺾고 나를 바라보았다. 나와 눈이 마주치자 콧잔등을 잔뜩 찡그리며 웃어 보였다. 웃는 것 같기도 우는 것 같기도 한 표정이었다. 기브 앤 테이크. 언니가 말했으니 나도 말해야 하는 걸까. 하지만 나는 말하고 싶지 않았다. 모른 척하고 그저 흘려보내면 없었던 일처럼 그냥 살아갈 수 있다. 물론 그러면서 왜 지금 이런 일을 벌이느냐고 하면 뭐라고 대답할 수는 없지만. 나는 수건 안으로 손을 넣어 고양이의 이마만 쓸었다.

"네가 왜 거기 있었는지, 어떤 사연인지 말 안 해도 돼. 그냥 나는 하고 싶어서 말하는 거야."

이번에도 또 은강 언니는 내 속마음을 읽은 것처럼 말했다. 괜히 뜨끔한 나는 아무 말도 못 하고 "아⋯⋯" 소리만 냈다. 나는 늘 한 박자 늦다. 잘 참는 덕분에 반응이 항상 늦다. 적당한 반응은 두 박자 늦게 생각난다.

"물론 너도 우리에게 슬픔을 사고팔 생각이 있다면야 대환영이지만."

"슬픔을 사고판다고요?"

내게는 팔 슬픔이 없다. 엄마의 죽음 앞에서조차 울지 못하는 애가 팔 슬픔이 어디 있단 말인가.

"응. 슬픔 스트리밍 서비스를 이용한다는 것도, 아까 그곳에 있었다는 것도 그만한 슬픔이 있다는 거 아냐. 그런데도 어떤 이유에서든 울지 못하거나 슬픔을 드러낼 수 없는 거고. 그 슬픔을 우리에게 팔라는 거지. 우리도 오늘 한 게 그거거든. 슬픔을 사고파는 일."

마치 날씨를 물어보듯 가벼운 말투였다. 어이가 없었지만 사실 은강 언니의 말은 하나부터 열까지 다 이상해서 특별히 이상하게 여겨지지도 않았다.

"팔 슬픔이 없어요. 아까 봐서 알겠지만 저는 울지 못하거든요. 제대로 울지도 못하니까 대신 스트리밍하는 걸 보겠다는 건데……. 어떻게 제 슬픔을 팔 수 있겠어요?"

"그러니까 슬픔을 팔아야지. 판다는 게 별거 아니야. 네 속에 눙쳐 놓은 슬픔을 꺼내 우리한테 들려주기만 하면 돼. 왜 울어야만 슬프다고 생각하는 거야? 너도 지금 굉장히 슬프잖아. 슬픔은 다양한 형태로 나타나. 그게 무기력이거나 게으름일 수도 있고, 두통이나 복통, 피로감일 수도 있고 화일 수도 있지."

'화' 그 말에 순간 나는 뜨끔 데인 것처럼 은강 언니를 바라보았다. 은강 언니의 새카만 눈동자는 마음을 꿰뚫어 보는 듯했다. 나는 고개를 홱 돌렸다. 창밖은 이미 어둠이 내려 깜깜했다. 가로등

불빛만 어둠을 밀어내려는 듯 맹렬히 빛나고 있었다. 눈을 들어 가로등을 올려다보았다. 그 빛에 눈을 찔린 것처럼 가만히 눈을 감았다. 참을 수 없는 재채기처럼 말이 흘러나왔다.

"각자도 힘든데 왜 그걸 서로 사고판다는 거예요? 나누면 슬픔이 절반이 된다는 것, 그거 거짓말이잖아요. 요즘은 진지한 얘기도 힘든 얘기도 털어놓으면 싫어해요. 괜히 분위기만 무거워지잖아요. 사람들은 다 밝고 유쾌하고 재밌는 사람을 좋아해요. 불행한 애는 싫어하고."

"슬픔을 아는 사람들끼리 서로 그냥 들어 주는 거야. 가끔 털어놓는 것만으로도, 누군가가 들어 주는 것만으로도 나아지니까. 마음속에 가둬 놓기만 하면 곪고 썩어 문드러지니까. 너도 그런 마음이 있으니까 그 서비스를 이용한 거 아니야?"

아빠가 가지고 있던 명함에서 발견한 것이라는 말을 차마 할 수 없었다. 그러면 설명해야 할 것이 더 많아질 테니까. 나는 혼자만 알아챌 정도로 고개를 저었다.

이렇게 슬픔이니 죽음에 대해 말하는 사람들은 처음이었다. 대부분 진지하고 무거운 이야기는 피하고 싶어 했다. 적당히 이야기하고 공감하고 흘려보낼 우울 정도면 몰라도. 어떻게 반응해야 할지 모를 만큼 어둡고 불행한 이야기 앞에서는 더더욱 어쩔 줄 몰라 하며 쩔쩔맸다.

'얼른 도착해라.'

그 주문만 외우면서 흘러가는 창밖만, 아니 창에 비친 차 안 풍경만 응시했다.

"난 그 일 했어, 슬픔 스트리머. 처음에는 너처럼 슬픔 스트리밍 서비스를 이용했고, 나중에 스트리머로도 일했고. 그러다가 안녕 클럽을 알게 되었지. 그 덕분에 이렇게 사는 것처럼 살게 되었어. 너도 필요할 거 같은데. 아니면 안녕 클럽에 한번 놀러 와. 지나 보면 너도 알게 될 거야. 이 모든 게 얼마나 감사한 일인지."

기연 아줌마가 기도하듯 두 손을 모으고 말했다. 감사하다니, 조금 누그러들었던 짜증이 다시 돋아났다. 교과서에나 나올 법한 긍정적인 문구나 위인들의 명언 따위를 말하는 어른들이 싫었다. 나도 모르게 인상을 구겼는데도 기연 아줌마는 기어이 마지막 말을 덧붙였다.

"살아 있음에 감사해야 해. 세상에 흘러가는 모든 일은 다 이유가 있는 거야. 그러니 긍정적으로 생각해야지."

"시간이 약이다" "지나면 다 괜찮아진다" "단단히 마음먹으면 극복할 수 있다" "남은 사람이라도 잘 살아야 한다" "모두 마음먹기 나름이다" "상처를 딛고 일어서면 더 강해진다" 이런 말은 꽤 들었다. 사 년 전 그때도 어쩌다 내 사연을 알게 된 어른들이나 선생님, 누군가도 견딜 수 없이 어색한 얼굴로 내게 그런 말을 했다. 알지도 못하면서 함부로 말하는 게 웃기고 어이없어서 욕을 내뱉는 상상을 가끔 하기도 했다. 혹시 오늘 같은 날은 나도 모르게 말하게 될지도 모른다. 나는 이를 앙다물었다. 하지만 곧 흘러나오는 기연 아줌마의 말에 턱의 힘이 풀렸다.

"나는 남편이 죽었거든. 스스로 그런 건 아니고 아파서였어. 너무 빠르게 병이 악화되는 바람에 제대로 이별도 못 했지 뭐야. 사실 아직도 눈에 선해. 당장이라도 대문을 열고 들어올 것 같고. 무뚝뚝하기는 했지만 참 좋은 사람이었는데."

담담한 목소리였지만 갑자기 아줌마가 눈물이라도 터뜨릴까 봐 잠시 숨을 멈췄다. 여기는 모두 상실의 슬픔을 가진 사람들이 모였구나. 하지만 어쨌든 불편했다. 내가 뭐라고 대답해야 하는지 고민도 하기 전에 옆에서 목소리가 들려왔다.

"나는 친구……."

거기까지 말한 목소리가 툭 끊겼다. 팽팽히 당겨졌던 실이 끊어지듯. 옆을 바라보자 정도우가 고개를 숙이고 있었다. 큰 눈물방울이 아래로 아래로 투두둑 굵은 빗줄기처럼 떨어지고 있었다. 정도우는 큰 소리로 울기 시작했다. 나보다 키도 한참 커서 거의 접히듯 앉아 있는 애가 우는 모습을 보니 괜히 기분이 이상해졌다. 오른쪽 어깨에 왠지 뜨거운 열기가 느껴졌다.

"아까 거기가 도우 친구가 있는 나무였어. 얼마 안 되었고."

"정도우, 아까는 못 울더니 드디어 우는구나. 그래, 울어라. 도우야. 펑펑 울어. 슬프면 슬픈 그대로 드러내는 게 제일 좋은 거야. 지금 못 울고 못 슬퍼하면 그거 다 빚이다. 빚에 대한 이자는 두 배, 세 배인 거 알지? 음악 틀어 줄까? 어떤 음악이 좋아? 록? 발라드? 슬픈 게 좋아, 아니면 신나는 게 좋아?"

예상 밖 전개였다. 당연히 정도우를 달래며 분위기가 숙연해지거나 무거워질 거라고 생각했는데 차 안 공기는 조금도 달라지지 않았다. 정도우는 그 와중에도 "케이팝"이라고 웅얼거리며 대답했다. 처음 본 사이에 털어놓은 사연 때문에 머리가 어질어질할 지경인데 또 이 이상한 분위기는 도무지 적응되지 않았다.

"너무 이상하게 볼 거 없어. 도우도 우리 안녕 클럽에 들어온 지 얼마 안 되었거든. 배우는 중이어서 그래."

"뭐를요?"

"아까 말했잖아. 서로 슬픔을 사고팔고 있다고. 우리는 슬픔을 사고팔면서 슬퍼하는 법이나 안녕하게 안녕하는 법 같은 걸 배우고 있어. 아, 연구하고 있다고 해야 하나, 연마하고 있다고 해야 하나?"

조수석에서 뒤돌아보는 기연 아줌마의 눈가도 발갰다. 은강 언니는 요즘 가장 유행하는 아이돌 노래를 낮게 틀고는 노래하듯이 내게 말했다.

"젓가락질도 배우고 걸음마도 배우는데 우린 슬퍼하는 법도 죽음을 대하는 법도 배운 적이 없는 거지. 이상하지 않아? 어찌 보면 모두 가장 먼저 배워야 할 일인데. 우리는 모두 살면서 소중한 누군가를 잃고 슬퍼하게 되니까 말이야. 너도 혹시 관심 있으면 연락해. 고양이는 병원에 이야기해 두었으니 치료 잘 받고. 적어도 고양이 근황은 알려 줘. 혹시 입양이 어려워도 말하고. 아무래도 오늘은 충동적이었을 테니까."

은강 언니가 팔을 뒤로 쑥 내밀어 건네는 명함을 받아 들었다. 연락할 마음은 전혀 없었지만 고양이가 있으니 어쩔 수 없었다. 나는 명함을 받아 아무렇게나 주머니에 구겨 넣었다. 가끔씩 들리는 고양이 울음소리만 까칠까칠한 내 마음을 잠재웠다.

어느새 차는 우연시로 접어들고 있었다. 익숙한 거리가 눈에 들어오고 얼마 지나지 않아 '24시 동물 응급 센터'라고 적힌 동물병원 앞에 차가 멈춰 섰다. 나는 고양이가 든 상자를 안은 채 차에서 내렸다.

"그 귤, 그래 보여도 맛있어. 하귤이라는 여름귤이거든. 향이 엄청 오래가는데 그 향이 남아 있는 동안만이라도 한번 생각해 봐. 안녕 클럽에 대해서."

은강 언니는 그 말만 남기고는 미련 없이 빠르게 사라졌다. 정도우는 내가 내리기 전까지 울고 있었다. 정도우는 이제야 비로소 슬퍼하게 된 걸까. 4단계에 이른 걸까. 갑자기 그렇게 단계를 뛰어넘을 수도 있는 걸까.

아무렇지 않게 이야기하는 은강 언니와 아줌마는 5단계인 거고. 그럼 나는 몇 단계일까.

갑자기 그런 게 궁금해졌다. 아무래도 이상한 사람들과 있다

보니 나도 이상해진 게 틀림없었다.

　나는 머리를 흔들며 은강 언니가 알려 준 동물병원에 들어섰다.

　진료는 생각보다 빨리 끝났다. 안약과 허피스 약, 처음이니 가져가야 한다고 수의사 선생님이 챙겨 주신 사료와 장난감, 숨숨집과 간이 화장실까지 들고 엉거주춤 걷기 시작했다. 마음 같아서는 이대로 집으로 돌아가고 싶지 않았지만 일탈은 여기까지였다. 오늘 하루 동안 일어난 일이 소용돌이가 되어 머릿속을 휘젓고 있었다. 더는 일탈을 지속할 용기도 에너지도 없었다. 이동 장에 든 고양이에게 말을 걸었다.

　"다행이다. 그런데 아까 그 사람들 진짜 이상했지. 난 절대 다시 연락 안 할 거야."

　아무 일도 일어나지 않은 것처럼 지내는 아빠도 우주도 싫었지만 그렇다고 자기 슬픔을 전시하고 극복한 것처럼 구는 사람들도 싫었다. 아무렇지 않은 척하면 오늘 하루도 없던 일이 될 거다. 물론 인내심이 돌아와야겠지만. 집 근처에 다다랐는데 골목길 끝에 쪼그려 앉은 사람이 보였다.

　"어."

　우주였다. 우주는 벽에 기댄 채 하늘을 올려다보고 있었다. 한 번도 본 적 없는 우주의 표정을 보자 마음이 '쿵' 하고 내려앉았다. 보면 안 되는 걸 본 것처럼. 나는 그 자리에 멈춰 선 채 우주를 가만히 바라보았다. 그때 우주가 내게 달려왔다.

"누나! 도대체 어디 갔던 거야?"

우주는 쯧쯧 소리를 내며 고개를 저었다. 방금 낯선 얼굴은 온데간데없이 사라졌다. 어쩌면 잘못 본 것인지도 몰랐다. 우주는 내가 자기처럼 친구들이랑 피시방에 가서 게임을 하거나 농구나 축구를 하느라 학원을 빼먹은 것처럼 굴었다. 우주는 또 수다를 떨기 시작했다. 얼마나 찾았는지, 엄마 아빠에게 얼마나 혼날지, 혼날 때 꿀팁은 뭔지 한참 떠들다가 고양이를 발견하고는 방방 뛰기 시작했다.

"누나가 태어나 한 일 중에 제일 잘한 거 같아. 무조건 얘 우리가 키우자. 둘이 힘을 합치면 엄마 아빠 이길 수 있어."

조금의 틈도 허락하지 않겠다는 듯 떠드는 우주를 보니 안심이 되었다. 제자리로 돌아온 것 같았다. 역시 슬픔이니 죽음 이야기보다 아무렇지 않은 척하는 쪽이 더 편했다.

각자의 폭풍우

> 은하야, 오늘 하루 더 쉬어도 돼.

나는 멈춰 서서 아빠에게서 온 메시지를 읽었다. 학교를 쉬어도 된다고 말한 건 처음이었다. 엄마의 장례가 끝난 그때도 아빠는 쉬어도 된다고 말하지 않았다. 그런데 왜 갑자기 이런 말을 하는 걸까.

지금 당장이라도 전화해 묻고 싶다. 아니, 왜 더 캐묻지 않느냐고 묻고 싶다. 따지고 싶다. 하지만 참아야 한다. 아무 말도 하지 않아야 아무 일도 없던 것처럼 되니까. 잠잠해지니까.

약속이나 한 듯 뒤이어 엄마에게서도 메시지가 도착했다.

> 은하, 아프면 언제든지 조퇴하고 와.
> 그리고 이번 주말은 엄마랑 데이트할까? 둘이서만.

  엄마가 내게 직접 이런 메시지를 보낸 건 처음이었다. 게다가 둘이서 데이트라니. 상상만 해도 숨이 막혔다. 엄마와 둘이서 뭔가를 해 본 적이 없다. 엄마도 나를 어색해했다.
  어제 일로 엄마와 아빠는 비상 가족회의 같은 걸 했을지도 모른다. 오늘 아침만 해도 두 사람 모두 늦게 출근하는 듯 내가 집을 나설 때까지 느긋한 모양새였으니까. 하지만 여전히 두 사람은 거짓말을 하고 있다. 내 거짓말에 속았다는 시늉을 하는 거짓말. 어쩌면 정말 자신을 속이는 거짓말을 하고 있는지도 모른다.

> 괜찮아요. 아프면 말할게요.

  물론 거짓말이다. 괜찮지 않았다. 몸이 아프다기보다 여전히 속에서 화가 용광로처럼 부글부글 끓어오르고 있었다. 어젯밤에도 아빠와 엄마는 아무 일도 없었던 것처럼 굴었다. 그저 몸이 좀 아픈데 친구랑 다퉈서 나도 모르게 학교를 나섰다고, 기분도 전환할 겸 여기저기 산책하다가 고양이를 발견해 데려왔다는 내 말에 속아 주었다. 어디를 그렇게 쏘다녔는지, 평소 그러지 않으면서 오늘따라 다투었다는 이유로 무단으로 학교를 나선 진짜 이유가 뭔지 묻지 않았다. 가끔 우주가 제멋대로 학원을 빼먹을 때마다 그러는 것처럼 혼내지도 않았다.

심지어 엄마는 사춘기 시절에 그런 일탈은 한 번쯤 하는 법이라고 말했다. 한 소리 할 줄 알았던 고양이를 키우는 것도 흔쾌히 허락했다. 두 사람은 원래부터 키우고 싶었다는 듯 안전 펜스 안을 기어다니는 고양이를 한참 들여다보며 들어 본 적 없는 탄성을 내기까지 했다. 혹시나 변명거리를 끊임없이 생각하고 있던 내가 우스울 정도였다.

별일 아닌 것처럼.

그게 우리 가족이 평범한 보통 가족을 연기하는 방식이었다. 함께하는 그 거짓말 속에서 편안했다. 정말 아무 일도 일어나지 않은 것처럼 여겨지기도 했으니까.

하지만 나는 이상하게도 자꾸 화가 났다. 내 거짓말에 속아 주는데도 이 모든 거짓말을 깨뜨리고 싶은 충동이 자꾸 일어났다. 어젯밤부터, 아니 며칠 전부터 머릿속에서 상상이 자꾸만 재생되고 있었다.

말하자면 이런 거다. 아빠에게 정말 내가 왜 그랬는지 모르냐고 따져 묻는다. 내가 어딜 다녀왔겠냐고, 엄마의 나무를 보러 갔다고 말한다. 그런 나를 바라보는 아빠의 표정을 떠올리지만 이상하게도 표정만큼은 상상이 되지 않는다.

  또는 이런 장면. 엄마는 정말 아무것도 모르냐고 묻는다. 그런 나를 아빠와 우주가 바라본다. 나는 모두에게 바락바락 악을 쓰며 소리친다. 사실 요즘 며칠은 정말 이성의 끈을 놓고 저질러 버릴지도 모른다는 생각도 했다. 요즘의 나는 내가 생각해도 이상했다.

> 진짜 이제 화 풀린 거지?
> 아픈 건 괜찮아?
> 오늘 학교 오는 거지?

  혜주에게 우는 표정을 한 이모티콘이 연달아 도착했다. '하여튼' 나는 피식 웃으며 고개를 흔들었다. 어제 집에 돌아와 괜찮다고 분명히 답장을 보냈지만 혜주는 굳이 전화를 걸어왔다. 사과하는 혜주는 눈앞에 있었다면 무릎이라도 꿇을 기세였다. 안다. 혜주는 겉으론 평온한 척해도 속에는 온갖 화와 불신을 담고 있는 나와 달리 착하다. 아마도 간밤에 잠도 잘 자지 못했을 거다.

  사실 혜주를 미워할 건 없었다. '죽고 싶다 타령'이 듣기 싫긴 했지만 어제의 소동을 일으킬 만큼은 아니었다. 그저 혜주의 말이 트리거가 되었을 뿐. 문제는 갑자기 비뚤어진 내 마음이다.

  아이들은 제 몸집만 한 가방을 멘 채 삼삼오오 학교로 향하고 있었다. 언덕을 따라 오르는 뒷모습이 거대한 물고기 떼처럼 보였다. 바람이 불어왔다. 비 냄새. 나는 숨을 참았다. 이를 앙다물었다. 관자놀이가 찡하고 울렸다. 입을 다시 벌리자 귓가에서 '딱' 하는 큰 소리가 울렸다. 턱관절이 어긋나는 소리라고 들었는데 어쩌면 내게는 모든 일상이 어긋나는 소리처럼 들렸다.

깊은 물 아래로 잠수한 것처럼 명치께부터 답답해졌다. 달라진 건 없었다. 그날로부터 하루하루 더 멀어지고 있으니 오히려 나아져야 했다. 하지만 자꾸만 균형이 깨지고 있었다. 갑자기 어제의 은강 언니 무리의 이상하고 평온하던 왁자지껄한 공기가 떠올랐다. 머리가 좀 이상해진 게 틀림없다.

교실 문을 열고 들어서자마자 혜주가 다람쥐처럼 쪼르르 달려왔다. 봄이도 나를 보자마자 반가운 듯 손을 흔들었다. 괜히 미안해진 나는 머리를 긁적였다.

"이은하, 괜찮아?"

곁에 다가온 혜주는 눈이 퉁퉁 부어 있었다. 쌍꺼풀도 여러 겹인 걸 보니 얼마나 또 펑펑 울어 댔는지 안 봐도 뻔했다. 혜주는 도대체 감정을 참는 법이 없다. 유리구슬. 그게 혜주에게 가장 부러운 점이다. 남김없이 발산하면 억누를 뭔가가 없을 테니까. 혜주의 얼굴이 너무 아이 같아서 나도 모르게 웃음이 터졌다.

"웃는 거 보니 이제 괜찮은 거지? 응? 아직도 화난 거 아니지?

미안해. 알지? 내 마음."

다다다다 쏟아지는 혜주의 말에 나는 항복하듯 두 손을 들었다. 괜히 미안한 마음에 봄이에게도 눈짓을 해 보였다. 고래 싸움에 새우 등 터진다고 천방지축 혜주와 갑자기 예민해진 이은하 사이에서 마음고생을 한 건 봄이일 테니까.

"야, 진짜 괜찮다고. 어제 다 말했잖아. 그냥 내가 좀 예민했어. 나도 미안해, 그렇게 말해서. 그러니까 이제 그만. 더 사과하면 화낼 거야. 그건 그렇고 말이야, 이거 봐."

나는 고양이 사진을 보여 주었다. 불편한 대화가 길게 이어지지 않게 하는 방법은 말머리를 돌리는 것이다. 고양이 사진을 보자마자 혜주는 귀엽다고 호들갑을 떨기 시작했다. 유난히 고양이를 좋아하는 봄이의 눈동자도 반짝거렸다.

"네가 키우는 거야, 그럼?"

"응. 허락받았어. 처음에 데리고 갈 땐 엄청 심장 떨렸는데. 아마도 애가 귀여워서 그런가 봐."

"그럼 그럼. 이렇게 귀여운 애를 어떻게 거부해? 맞다, 이름은 지었어?"

"모르겠어. 일단 생각한 건 라테?"

"찰떡이다. 털 색깔이랑 딱 어울린다. 나 보러 가면 안 돼?"

"진짜, 응?"

"일단 애 낳고 나면. 아직 애도 적응 중이라서. 좋아, 애 이름은 오늘부터 라테다!"

라테는 어제 병원에서 진료를 받고 집에 돌아오자마자 탐색하듯 잠시 방 안을 돌아다니는가 싶더니 내내 잠만 잤다. 아픈 게 아닌가 검색해 보니 길에서 생활하느라 지친 길고양이들이 안전한 집 안에 오면 한동안 오래 잘 수도 있다고 했다. 물론 원래 거의 대부분의 시간도 잠을 자며 보내지만.

라테 덕분에 어제의 소동은 은근슬쩍 잘 넘어갈 수 있었다. 그저 몸이 너무 안 좋아서 학교를 나섰고 그러다가 고양이를 발견했다는 뻔한 거짓말을 모두 믿는 척 넘어가 주었다. 가끔은 모두 아는 거짓말이라도 필요한 때가 있는 법이다. 속을 굳이 들여다보지 않아도 서로 적당히 눙치고 넘어갈 수 있는 거짓말. 재잘재잘 애들과 이야기를 나누다 보니 어제 하루 동안 있었던 일이 꿈처럼 느껴졌다.

감정이라는 게 참 신기했다. 어떤 때는 정말 내 온몸을 짓눌러 아무것도 못 할 정도로 커다랗게 느껴지는데 또 지나고 보면 한낱 먼지처럼 한순간에 털어지기도 한다. 죽음도 그렇게 될 수 있는 걸까. 어제 마주친 은강 언니도 정도우도 기연 아줌마도 마침내 그렇게 된 걸까.

이내 나는 고개를 흔들었다. 순간순간마다 떠오르는 슬픔 스트리머의 말이나 어제 만난 이상한 사람들의 말을 털어 내고 싶었다. 나는 책상 서랍을 정리하기 시작했다. 원래 내 평범한 일상으로 다시 돌아가야 할 때였다.

"뭐 적을 거야? 난 뭐 적을지 고민돼서 죽…… 아니, 고민돼."
 식판을 식탁에 내려놓던 혜주는 내 눈치를 보며 말을 이었다. 아까 진로 부장이 진로 희망서를 나눠 준 뒤로 반의 분위기가 묘하게 얼어붙었다. 진로. 미래. 하고 싶은 일과 할 수 있는 일. 숫자와 성적. 그 단어 앞에서는 언젠가부터 모두 시무룩해졌다.
 대통령이니 유튜버니, 서울대와 하버드대처럼 뜬구름 잡는 이야기를 하는 것도 중학교 때까지였다. 뭔가를 결정해야 하고 그 순위가 등급과 성적으로 나열되는 고등학생이 된 뒤로는 모두 진로에 대해 말을 아꼈다.
 스무 살, 머지않은 미래인데도 도무지 상상이 잘 안되었다. 단편적으로 보았던 드라마나 유튜브 영상만 파편적으로 떠올랐다. 그 파편을 모아서 내 미래를 그리는 것은 어려운 일이었다.
"왜 이렇게 빨리 정하라는 건지 잘 모르겠어. 좀 천천히 생각해 보면 안 되나?"
"엥, 지금도 늦었어. 진짜 성공하려면 이미 정해서 자기 길을 닦고 있어야 한다고."
 내 말에 혜주가 눈을 동그랗게 뜨고 말했다. 통통 튀고 철없이 굴어서 가끔 동생처럼 느껴지는 혜주였지만 진로만큼은 진심이었다. 혜주가 진지하게 그리고 있는 진로는 세 가지로 간추려져 있었다. 그런 만큼 공부에도 꽤 진심이어서 우는소리를 해도 누구보다 열심히 공부하는 사람이 혜주였다.

  반면, 나는 사실 진로에 대해 제대로 생각해 본 적이 없다. 미래를 생각하면 이상하게 붕 뜬 기분만 들었다.

  사람이 언제 죽을지도 모르는데.

  불쑥불쑥 드는 그런 생각이 미래를 떠올리는 일을 막아섰다. '당장 내일 일도 모르는 거 아닌가?'라는 생각도 들고 나는 딱히 잘하는 것도 관심 분야도 없다.

  "자기가 뭘 잘하는지, 뭘 하고 싶은지도 모르는 사람이 절반 넘지 않아? 사실 그걸 찾을 시간이나 기회도 거의 없잖아. 난 그냥 평범하게 살고 싶은데. 누구의 눈에 크게 띄지 않고."

  "엥? 평범한 삶이 꿈이라고?"

  혜주는 의아하다는 듯 고개를 갸웃거리며 밥을 먹었다. 봄이는 아까부터 표정이 굳어 있었다. 그러고 보니 봄이는 자신의 장래 희망에 대해 말한 적이 없었다. 진로, 꿈 찾기, 미래와 같이 비슷한 주제가 나올 때마다 표정이 어두워졌다. 학원도 고등학교 때부터 다니기 시작했다는 것으로 보아 봄이만의 사연이 있으려니 했다.

  "한봄! 너는 고민이겠다?"

  목소리가 날아든 건 그때였다. 옆을 쳐다보니 체육 특기생인 아이들이 식판을 정리하러 가다 말고 멈춰 서서 봄이를 바라보고 있었다.

"그냥 가."

봄이는 그 무리를 쳐다보지도 않고 말했다. 봄이의 그런 차가운 목소리는 처음이었다. 순식간에 우리 주위의 공기가 얼어붙었다. 순간 급식실 안 아이들의 눈길이 당겨지듯 모였다.

"왜? 난 그냥 걱정한 건데. 그렇게 잘난 척하더니 피겨도 그만두고. 다시 공부하려니 어렵지 않아? 한봄이 뭘 희망할지 너무 궁금해."

그 말을 끝으로 아이들이 웃었다. 어떻게 이렇게 날 선 감정을 다른 사람에게 태연히 던지는 걸까. 한참 두 눈을 굴리며 지금의 상황을 파악하던 혜주가 자리에서 벌떡 일어섰다.

"야! 너네……."

봄이가 손도 대지 않은 식판을 들고 일어섰다. 우리에게 뭐라 얘기하지도 않고, 그 애들에게 아무 대꾸도 하지 않은 채 휘적휘적 걸어 나가 버렸다. 혜주와 나는 서로 눈을 마주친 채 눈만 동그랗게 떠 보였다. 그 애들은 아무 일도 없었다는 듯 자기들끼리 중얼거리며 멀어졌다.

"봄이가 피겨를 했어?"

"그러고 보니 한봄이라는 선수가 꽤 유망주였다는 얘기를 어디선가 들어 본 것 같아. 그 한봄이 우리 한봄이라는 걸 왜 몰랐을까?"

혜주와 나는 어리둥절한 표정으로 조금 전까지 봄이가 앉아 있던 자리만 바라보았다. 나만 커다란 비밀을 삼키고 있는 줄 알았는데 그것도 아닌 모양이다.

잠시 우리에게 모였던 눈길이 금세 흩어졌다. 다른 아이들은 아무 일도 없었다는 듯 다시 식판을 정리하며 재잘거렸다. 새삼 평화로워 보이는 급식실 안 풍경이 이상하게 느껴졌다. 잔잔하고 아무 일도 일어나지 않는 하루처럼 보이지만 그 속을 살고 있는 우리 마음 안에는 각자의 폭풍우가 휘몰아치고 있는지도 몰랐다. 그런데도 이렇게 겉으로는 평화로워 보이기만 한다.

나도 혜주도 더는 밥 먹을 기분이 아니어서 식판을 정리했다. 퇴식구에 음식을 버리고 나서는데 메시지가 도착했다. 우주였다.

> 누나.

수다쟁이인 우주는 메시지로도 다다다 떠들었다. 우주와 나는 거의 연락하지 않는 편이었지만 어쩌다 연락할 때도 우주는 용건부터 말했다.

나를 부르기만 하는 메시지는 처음이었다. 어쩌면 어제 일로 우주도 내게 연락하라는 주문이라도 받은 걸까. 나는 '왜?'라고 썼다가 지우고 다시 '무슨 일 있어?'라고 고쳤다.

하지만 전송 버튼을 누르지 못했다. 그 말에 무슨 대답이 날아올지 가늠되지 않았다. 한참 동안 우주의 메시지를 노려보다가 나는 휴대 전화를 주머니에 집어넣었다.

사라진 우주

'나비 효과'란, 기상학자 에드워드 로렌즈가 생각해 낸 원리로서 미세한 변화나 작은 사건이 예측할 수 없는 전혀 다른 결과를 만들 수도 있다는 뜻이다.

아무 일도 없었던 것처럼 잘 지내는 평범한 가족이라는 조건에서 변한 건 나밖에 없다. 갑자기 아무렇지 않은 척할 수 없게 됐다. 그래서 슬픔을 샀다. 죽겠다는 혜주의 말에 발끈해 무단 조퇴하고 엄마의 나무를 만났다. 거기서 만난 라테를 집에 데려오기까지 했다.

생각해 보니 조금 변한 게 아니었다. 그래서일까. 내 마음에 일어난 날갯짓이 우주에게 토네이도를 일으킨 걸까. 나는 우주가 가족 단체 채팅방에 남긴 메시지를 몇 번이나 곱씹어 읽었다.

> 걱정하실까 봐 메시지 남기는 거예요.
> 당분간만 찾지 말아 주세요. 꼭 돌아올게요.

우주가 사라졌다. 엄마의 말에 의하면 아침에도 평소처럼 가방을 챙겨 집을 나섰다. 하지만 우주는 오늘 등교하지 않았다. 아홉 시 정각이 되자마자 우주의 담임 선생님에게서 연락이 왔다. 우주의 결석을 알리며 안부를 묻는 연락이었다.

얼마 지나지 않아 우주는 별일 아니라는 듯 천연덕스러운 메시지를 남겼다. 그러고는 그야말로 잠수를 탔다. 아빠도 엄마도 메시지를 보자마자 번갈아 전화를 걸어 보았지만 당연히 신호는 닿지 않았다. 이게 내가 우주의 방에 엄마 아빠와 마주 앉아 있는 이유였다.

"우주, 진짜……."

혹시나 하고 전화를 걸었지만 아까와 마찬가지로 휴대 전화가 꺼져 있다는 음성만 흘러나왔다. 빠르게 아침의 기억을 되감아 보았지만 아무리 생각해도 평소와 특별히 다른 점은 없었다. 오히려 달라 보인 건 아빠와 새엄마 쪽이었다.

우주는 평소처럼 어제 학원을 마치고 공원을 지나가던 아이들과 한판 뜬 길거리 농구 경기에 대해 한참 떠들며 제 몫의 토스트를 두 개나 해치웠다. 어젯밤에도 오늘 아침에도 자기 메시지에 왜 답장하지 않았냐고 내게 따지지도 않았다.

"아무리 전화해도 안 받아. 아무래도 이번에는 진짜인 것 같아."

"이번에는 진짜라니요?"

"지난번에도 그런 적 있어. 그땐 그냥 수학 학원 레벨 테스트가 싫어서 잠깐 놀러 갔다 온 거라고 했는데……. 그때는 반나절 만에 들어왔어."

"이번에는 옷을 여러 벌 챙겨 간 걸 보니 작정한 것 같다. 아마도 아침에 메고 나갔던 그 가방에 든 건 책이 아니라 나가 있는 동안 사용할 짐이었던 모양이야. 은하, 너는 혹시 알고 있어? 우주가 이럴 만한 이유 말이야."

아빠의 말에 나는 바로 고개를 저었다. 여느 남매나 사춘기를 맞이하면서 데면데면해지겠지만 우주와 나는 그중에서도 심각하게 먼 사이였다. 사실 지난번에도 반나절 가출 아닌 가출을 한 적이 있다는 사실도 지금 알았으니까.

우주와 나는 이야기를 거의 나누지 않았다. 나는 늘 해맑게 엄마에게 붙어 수다를 떠는 우주가 얄미웠고 늘 차갑게 구는 나를 우주도 별로 좋아하지 않았다. 물론 이우주와 이은하는 전혀 다른 유형의 인간이다.

그런 내가 우주가 가출할 만한 이유를 생각해 낼 수 있을 리 없었다. 흔히 가출이라면 성적 문제, 친구 문제, 부모님과의 갈등 정도가 아닐까.

하지만 우주에게는 해당되는 게 없었다. 우주는 모든 아이와 잘 지냈고 성적 따위에는 크게 연연하지 않았다. 단순하고 긍정적인 편이어서 고민 따위는 없이 늘 행복해 보이는 아이였다. 혜주 다음으로 내가 부러워할 만큼.

"무슨 범죄나 이상한 데 휘말린 건 아니겠지? 요즘 뉴스에 보면……."

엄마의 눈동자가 흔들리고 있었다. 엄마는 온종일 우주에 대해 수소문하면서 별의별 뉴스를 다 섭렵한 모양이었다.

"일단 돌아오겠다고 했으니 별일 아니지 않을까요? 평소에도 갑자기 학원을 빼지고 피시방에 가거나 친구들이랑 논 적도 있잖아요. 금방 돌아올지도 모르고요."

마음 한편에 한 가지 이유가 떠오르기는 했다. 하지만 우주가, 누구보다 그날을 극복한 것처럼 보이는 우주가 그럴 리 없다.

"도대체 왜?"

순간 허공에서 아빠와 내 시선이 부딪쳤다. 아빠도 나도 황급히 고개를 돌렸다. 아주 짧은 찰나였지만 알 수 있었다. 아빠도 나와 비슷한 생각을 하고 있다는 것을. 엄마의 나무, 엄마의 기일.

하지만 나는 이내 고개를 흔들었다. 아빠가 보란 듯이 더 세차게. 우주는 그런 애가 아니니까. 오히려 공부하기 싫어서라거나 놀고 싶어서가 더 유력해 보였다.

"일단 엄마와 아빠는 경찰서랑 학교, 학원에 좀 다녀올게. 전화로 말해 두었는데 학교나 학원에서 아이들 진술을 받아 두었다니 그것도 받아 오고. 직접 이야기도 해 보게. 가만히 있을 수가 있어야지. 은하, 너는 집에 있어. 혹시 우주가 집에 들어오거나 연락 오면 바로 전화하고."

내가 대답하기도 전에 아빠와 엄마는 얇은 외투만 챙겨 들고 방문을 나갔다. 불안해 보이는 등을 바라보다가 나는 그대로 방 가운데 드러누웠다.

"우주, 도대체 무슨 일을 벌이고 있는 거야?"

고요한 방 안에서 그렇게 중얼거리자 가슴이 꽉 막힌 듯 답답해졌다. 엉엉 울고 싶다는 생각이 처음으로 들었다. 슬픔 스트리밍 서비스 속 그 사람처럼 울어 보려고 몇 번이나 눈을 끔뻑거려 보았지만 아무리 해도 눈물이 나오지 않았다.

나는 슬픔 스트리밍 서비스에 접속했다. 몇 번 해 봐서 그런지 슬픔 스트리밍 서비스 신청도 쉬웠다.

—이야기를 해 주시면 슬픔을 스트리밍해 드릴게요.

이번엔 내 또래로 보이는 남자아이였다. 이 아이도 상실의 슬픔이 있는 걸까. 나는 그 남자아이의 얼굴을 물끄러미 바라보았다. 슬픔. 슬픔. 내 슬픔은 뭘까? '상실의 슬픔'에 체크는 했지만 맞는 걸까? 우주가 가출해서 내가 슬픈 걸까? 모르겠다.

> 울고 싶지만 울 수 없어서요.

　―슬픔 소유자님, 정말 죄송하지만 이야기하지 않으시면 아무것도 스트리밍해 드릴 수 없습니다. 저는 스트리머이지 제 슬픔을 보여 주는 사람은 아니거든요. 누가 대신 우는 걸 본다고 해서 당신의 마음이 진짜로 나아지지는 않을 거예요.

　나긋나긋한 말투였지만 단호한 목소리였다. 나는 그대로 스트리밍 화면을 끄고는 벌떡 일어섰다. 아무리 뒤져 봐도 별것 없는 우주의 방에서 나와 내 방에 들어서자 보란 듯이 우주가 책상 위에 올려놓은 농구공이 눈에 띄었다. 우주가 내게 남겨 놓은 힌트임이 틀림없다. 농구공을 보자 떠오르는 곳이 있었다. 나는 바로 집을 나섰다.

　벌써 아홉 시가 가까운 시간인데도 천변에는 사람이 많았다. 산책하거나 운동하는 사람들, 벤치에 앉아 수다 떠는 사람들은 평화로워 보였다. 내 주변으로만 다른 공기가 흐르는 듯했다. 나는 천변을 빠르게 걸으면서 지나치는 사람들을 살폈다. 금방이라도 우주가 "뭐야? 이제 찾았어?"라며 나타날 것만 같았다.

　집 앞 해랑천은 낮이나 밤이나 사람들로 붐볐다. 긴 천변을 따라 인도와 자전거 도로가 이어지고 산책로 옆으로는 인라인스케

이트장, 무대가 될 만한 작은 공터와 농구 코트가 줄지어 있으니 그럴 만도 했다.

농구 코트를 두 번이나 돌았고 천변도 이리저리 돌아다녔지만 우주 같아 보이는 사람은 번번이 우주가 아니었다. 기대와 실망을 스무 번쯤 반복했을까. 뜻밖의 목소리가 들려왔다.

"여기서 보네. 고양이는 괜찮아?"

돌아보니 그 애가 서 있었다. 정도우. 차에 나란히 앉아 있을 때도 길쭉하다고 생각했지만 막상 마주 보니 정도우는 나보다 한참 컸다. 나는 올려다보는 게 좀 겸연쩍어 뒤로 두 발 물러나며 말했다.

"아, 눈병에 허피스래. 지금 치료하고 있어. 그런데 난 지금 바쁜 일이 있어서······."

"왜? 무슨 일인데? 사실 아까부터 지켜봤는데 뭘 찾는 거야? 괜찮다면 나도 도와줄게. 농구하러 나왔다가 돌아가는 길이라서 시간은 많아."

내가 멍하니 쳐다보자 정도우는 농구공을 들며 어깨를 으쓱해 보였다. 순간 엉엉 울던 정도우가 떠올랐다. 굵은 눈물방울을 떨어뜨리던 모습이 생각나자 나도 모르게 입이 열렸다.

"동생이 사라졌어. 당분간 찾지 말라는 메시지만 남기고. 학교도 안 가고 짐을 챙겨서 가출했는데 내 책상 위에 농구공을 두고 갔지 뭐야. 어제부터 농구 얘기도 계속했고 혹시 여기 있나 해서······."

"근처에 있을 수도 있지 않을까? 나도 같이 찾아볼게. 한 명보다는 두 명이 낫지, 안 그래? 혹시 동생 사진 있어?"

평소였다면 도움을 받는 게 어색하고 불편해 분명히 거절했을 것이다. 하지만 정도우의 말에는 왠지 고개가 끄덕여졌다. 나는 휴대 전화 앨범에 들어가 한참 스크롤을 내렸지만 우주의 사진은 없었다. 당연한 일이었다. 나는 셀카를 거의 찍지 않는다. 그런 내가 우주와 사진을 찍을 리 없으니까.

메신저 앱에 들어가 보았지만 우주의 프로필은 아무것도 없었다. 우주라면 프로필에 자기 얼굴을 떡하니 걸어 두었을 것 같은데 그러지 않았다. 이상했다. 시간이 갈수록 불안감이 물감처럼 번지고 있었다. 정도우는 알아챘다는 듯 내게 말했다.

"사진 없을 수도 있지. 이름이랑 대략 키 정도만 알려 줘."

"이름은 우주. 중 2이고 키는 너보다 좀 작아. 이만큼? 혹시 우주를 만나거나 우주를 아는 애를 만나면 꼭 좀 붙잡고 나한테 전화해 줘. 아, 내 전화번호 알려 줄게."

"좋아. 나는 이쪽으로 돌아볼 테니 너는 저쪽으로 돌아봐. 꼼꼼히 살펴보고 삼십 분 뒤에 여기서 다시 만나자."

구역을 나눈 뒤 나는 다시 한번 천변 초입부터 시작해 구석구석 우주를 찾았지만 찾을 수 없었다. 정도우도 숨을 헉헉거리며 돌아왔다. 멀리서 표정만 봐도 우주를 찾지 못했다는 걸 알아챌 수 있었다.

"고마워. 시간이 너무 늦었어. 자기가 스스로 돌아오겠다고 했으니 돌아올 거야."

나는 기도문이나 주문을 외우듯이 말했다. 여러 번 반복해 외면 이뤄지기라도 할 것처럼. 그런 내 얼굴을 물끄러미 바라보던 정도우는 농구 코트로 다가갔다.

"혹시 우주 알아?"

"아, 매일 우는 그 이상한 형? 그 형 맞죠? 우주 형. 알아요."

"혹시 오늘 본 적 있어?"

"오늘은 못 봤고 어제 봤어요. 어제도 여기 앉아서 휴대 전화만 보다가 갔어요. 무선 이어폰 끼고. 뭐라더라. 무슨 슬픔 스트리밍 서비스를 본다고 했던가. 아, 슬픔 트림이랬나?"

남자아이들은 뭐가 웃긴지 이 와중에도 자기들끼리 마주 보며 낄낄거렸다. 슬픔 스트리밍이라니. 순간 뒤통수를 얻어맞은 듯 멍해졌다. 나는 얼른 그 애들한테 다가가 물었다.

"농구를 한 게 아니라? 어제 길거리 농구 했다던데……. 여기서 늘 농구 하지 않아?"

"안 했어요. 길거리 농구는 저희가 했죠. 그 형은 한 번도 농구 한 적 없는데……. 매번 공은 들고 왔는데 여기 앉아서 휴대 전화 보다가 갔어요. 가끔 저희한테도 혹시 힘들면 말하라고, 같이 보자고도 했고요. 슬픔을 스트리밍해 주는데 보고 나면 마음이 좀 나아진다나. 좀 이상한 이야기를 하긴 했죠. 그런데 저번에 얘 다

쳤을 땐 상처도 치료해 주고 아이스크림도 사 주고. 웃긴 얘기도 해 주고. 착해 보이기는 했어요. 그런데 그 형은 왜요?"

말문이 막혔다. 우주가 슬픔을 샀다니. 다리를 접질려도 헤헤거리며 웃는 애였다. 혹시 우주를 보면 연락해 달라고 아이들에게 연락처를 남기고 돌아섰다.

"그럴 애가 아닌데. 슬픔을 살 애가. 우주는 진짜 단순하거든. 엄마 장례를 치를 때는 혼자 그렇게 서럽게 울었는데 그 후로는 극복한 것처럼 보였어. 나처럼 울지 못했던 애도 아니고. 그런데 이젠 나아져서 엄마 기일에도 새엄마 곁에서 환하게 웃고 있는 애야. 그런데 왜…….."

나도 모르게 빠르게 말을 쏟아 내다가 입을 다물었다. 엄마의 죽음에 대해서 누군가에게 털어놓은 것도, 엄마 기일이라는 발음을 실제로 해 본 것도 처음이었다.

사 년 전 엄마가 세상을 떠난 이후로 그 누구도 엄마에 대해서, 엄마의 죽음에 대해서 말하지 않았다. 아빠도 우주도 나도. 그저 처음부터 엄마라는 사람이 존재하지 않았던 것처럼 지냈으니까. 일 년 전 새엄마와 가족이 된 후로는 원래 우리 넷이 가족이었던 것처럼 지냈다.

"모르는 거지. 애써 괜찮은 척했는지도. 마음에서 어떤 일이 일어나는지 알 수 없잖아. 나를 두고도 다 그렇게 생각할 거야. 나는 친구가 사고로 하늘나라 가고도 성적이 올랐다? 나는 아직도 기

사라진 우주

억해. 은호가 죽은 뒤 치른 기말고사에서 반에서 일 등 했을 때 그 의아한 얼굴들을. 누구는 '징그러운 새끼'라고 하더라. 단짝이 죽었는데 그럴 수 있냐고. 그런데 나는 공부로 도망친 거였거든. 문제를 풀 때만큼은 은호를 떠올리지 않을 수 있었으니까. 웃긴 게 뭔지 알아? 엄마 아빠는 안심하더라. 내가 잘 살고 있다고, 잘 극복하고 있다고 믿더라고. 선생님도 칭찬해 주셨고. 그런데 내 마음은 그게 아니었어. 내내 슬프고 무기력하고. 뭐랄까. 지금까지 느껴 본 적 없는 기분이었지. 도무지 감당이 안 되니까 생각하고 싶지 않아서 자꾸만 도망쳤어. 그러다가 문제가 생겼고. 지금은 안녕 클럽을 알게 되어서 이제 좀 배우는 중이고."

담담하게 말하는 듯 보여도 정도우의 말끝이 파르르 떨렸다. 터져 나오려는 감정을 누르면서 말할 때의 목소리라는 것을 나는 감지할 수 있다. 정도우는 하늘을 올려다보았다. 하늘은 여전히 구름 한 점 없이 맑았다. 나는 숨을 길게 내쉬며 콧속에 고인 비 냄새를 몰아냈다.

"나는 이상한 애인가 봐. 슬프고 괴로운 게 아니라 화만 나. 사실 별다른 기분이 안 느껴져. 마음이라는 게 아예 사라진 것처럼."

"그게 슬픔일걸. 내 생각엔 네 책상에 농구공을 올려 둔 거면 어쩌면 동생도 네가 찾아 주길 바라는 거 아닐까. '페르소나'라고 알아? 역할에 따른 사회적 가면 같은 거. 그러니까 나로 말하자면 친한 친구로서의 나, 먼 친구로서의 나, 학생으로서의 나, 아들로

서의 나. 페르소나마다 난 달라지거든. 다 그렇지 않나? 네 동생도 그럴 거야. 네가 아는 우주가 아닌 다른 우주를 찾다 보면 진짜 우주를 찾게 되지 않을까?"

　페르소나. 머리를 한 대 얻어맞은 것처럼 멍해졌다. 사실 모르는 이야기는 아니었다. 나도 엄마 앞에서 다르고 봄이와 혜주 앞에서 다르다. 엄밀히 말하면 봄이 앞에서도 혜주 앞에서도 조금씩 달라진다. 그러니까 누군가가 나를 이해한다고 말하거나 안다고 말할 때마다 짜증이 났던 것도 사실이었다.

　그런데 왜 우주를 단순한 애, 멋모르는 애라고만 생각했을까? 그때 아빠에게서 사진 한 장이 전송되었다. 사진을 보자마자 말 그대로 심장이 바닥으로 내려앉았다. 아빠가 보내온 사진은 우주의 모습이 찍힌 CCTV 화면이었다.

납작한 이해

"다른 애들도 모른대요. 사라지기 전날도 평소랑 똑같았다고 하고요."

"맞아요. 선생님께 말씀드린 게 다예요. 그 전날은 학교 마치고 우주가 따로 갈 데가 있다고 해서 교문 앞에서 헤어졌거든요. 근데 우주가 가출 같은 거 할 리가 없는데. 학교에서는 진짜 아무 문제 없이 잘 지냈거든요. 아시잖아요? 우주는 너무 많이 웃어서 문제라면 모를까."

나도 동의한다는 듯 고개를 끄덕였다. 어제 공원에서 만났던 아이들의 말이 떠올라서 혹시나 하고 긴장하고 있던 마음이 누그러졌다. 그제야 카페 안을 메우고 있던 소란스러운 소리가 들려왔다. 역시 우주는 가출 같은 걸 할 애가 못 된다. 그럴 배포가 없을 뿐만 아니라 귀찮아서, 그럴 필요를 못 느껴서. 자신들에게 책임을 묻는 것도 아닌데 괜히 움츠려 눈알만 굴리고 있는 현찬이와 재경이를 보다가 한숨을 토해 내며 허리를 폈다. 두 아이에게 더 얻을 단서는 없어 보였다. 겨우 세 살 차이인데 현찬이도 재경이도 무척 어려 보였다. 우주가 이 아이들과 같은 나이라니, 우주가 아직 중 2밖에 되지 않았다는 사실이 새삼 마음에 와닿았다.

　나는, 아니 우리는 이미 할 수 있는 모든 것을 하고 있었다. 엄마와 아빠는 경찰에 신고했고 수사 중이었다. 하지만 우주의 휴대 전화 신호가 잡히지 않았고 생존 흔적, 그러니까 카드 사용 흔적 같은 것도 아직 발견되지 않았다. 마지막으로 우주가 목격된 건 고속버스 터미널이었다. 경찰은 메시지도 있고 터미널 CCTV 영상에서도 무사했으니 스스로 곧 돌아올 거라고 했다. 우주가 볼 만한 곳에 대해서 학교 차원에서도 여러 번 조사했고 우주의 담임 선생님도 하루에 한두 번씩 꼬박꼬박 전화를 걸어 온다고 했다. 하지만 우주의 행방은 묘연하기만 했다.

　어디로 갔는지, 아니 왜 떠났는지도 처음에는 알 수 없었다. 벌써 사흘째였다. 나는 우주 담임 선생님의 조언대로 엄마 아빠를 대신해 우주의 단짝이라는 아이들을 다시 한번 만났다. 우주가 한 몸처럼 붙어 다니던 아이들이라고 했는데 내 눈에는 왠지 우주와 비슷한 구석이라곤 없어 보였다.

　"그래. 혹시 게임이든 SNS든 우주 보게 되면 꼭 연락해 줘. 알지? 숨겨 주는 건 친구를 위하는 게 아니라는 거."

납작한 이해

그때 재경이가 "아!" 하고 외치더니 말했다.

"그런데 생각해 보면 우주가 가끔 이상한 때가 있긴 했어요. 갑자기 다른 사람이 된 것처럼 웃지도 않고 수다도 안 떨고 보건실에 가서 온종일 누워 있고. 자기 말로는 그냥 피곤해서 자고 싶어서 그런 거라고는 했는데."

"맞아요. 그런데 뭐, 금방 원래 우주로 돌아오긴 했어요. 우주 말로는 잠을 못 자면 그렇게 된다고 했어요. 악몽을 꾼다나. 평소에도 잠을 잘 못 자서 매일 커피를 달고 살았고요."

"우주가 잠을 못 잤다고?"

"네, 모르셨어요? 그래서 우주는 거의 매번 졸았는데. 그게 악몽 때문에 자기 싫다고 버텨서 그렇다고 했어요."

꼬치꼬치 캐묻는 내 기세에 당황한 재경이는 뒷머리를 긁적이며 점점 더 말끝을 흐렸다. 확실하지는 않은 모양이었다.

나는 현찬이와 재경이에게 꼭 연락해 달라고 두 번이나 확인하듯 말하고는 자리에서 일어섰다. 의자가 바닥과 마찰되면서 끼이익 소리가 났다. 마치 비명처럼.

어느새 선생님과 약속한 시간이었다. 나는 학교를 향해 걷기 시작했다. 일 년 전까지 늘 다니던 길인데도 낯설게 느껴졌다. 하지만 그보다 더 낯선 건 우주였다.

"'너 죽여 버린다'라고 했던가. 그때 죽는 게 쉽냐면서 한동안 저랑 말을 안 하더라고요."

"우주, 진로에 대해 생각보다 굉장히 진지하더라고요. 막 혼자 커리어넷이나 이런 데서 검사도 해 보고 시청인가 청소년 문화 센터에 가서 상담도 받는다고 들었어요."

슬픔을 사고파는 우주. 잠을 못 자는 우주. 악몽을 꾸는 우주. 또 어떤 우주가 있을까? 이쯤 되자 나는 우주에 대해 아는 게 하나도 없다는 걸 깨달았다. 아니면 우주의 거짓말에 깜빡 속았거나.

예민하고 잠이 잘 들고 깨는 나와 달리 늘 아침이면 우주를 깨우느라 한바탕 전쟁을 치르는 엄마를 보면서 잠마저도 잘 자는 애라고 생각했다. 그런데 그게 아니었다니. 괜히 미안한 마음이 들었다. 하긴 사실 우주에 대해 이렇게 깊게 오래 생각해 본 적은 없었다. 누구나 세 살 터울 남동생에 대해 깊이 생각하지는 않을 테니까 말이다. 짝사랑하는 대상이나 단짝 친구, 친해지고 싶은 친구라면 몰라도. 우주, 이제 좀 나타나라. 잘못 안 거 사과할게.

그렇게 중얼거렸지만 당연히 내 상상처럼 우주가 '뿅' 하고 나타나는 일은 없었다. 어느새 학교 앞이었다.

말을 고르는 듯 눈을 내리깐 채 차를 한 모금 마신 선생님이 천천히 입을 열었다. 나는 두 손으로 잡고만 있던 잔에서 손을 뗐다. 왠지 숨도 아주 조심스럽게 몰아쉬게 되었다. 토요일이어서 그런지 학교가 무척 고요해서 더 그랬다.

"우주는 가끔 혼자 생각에 잠겨 보이는 때가 있기는 했지. 혜실

혜실하는 것처럼 보여도 속 깊은 데가 있었어. 그래서인지 글도 참 잘 썼고."

눈이 마주치자 선생님은 나를 바라보며 부드럽게 웃었다. 내 전 담임이자 지금 우주의 담임인 정민정 선생님이었다. 순간 그때 기억이 떠올라 나는 고개를 숙였다.

"우주가요?"

"응. 우주 글은 읽다 보면 마음 어딘가 울림이 있어. 언젠가 작가가 꿈이라고 했던 것도 같고. 우주는 속없는 척 웃고 다녀도 혼자 동떨어지는 친구를 항상 챙길 만큼 속이 깊어. 가끔 멍하니 이름을 불러도 모를 만큼 혼자 생각에 잠길 때가 있었지. 그런데 아무리 생각해도 우주가 가출할 만한 이유는 없어. 적어도 학교생활 안에서는. 아이들 설문지를 부모님께 전달해 드렸지만 정말 잘 지냈거든. 누구나 다 좋아하는 아이고 누구와도 잘 지내는 아이였고 늘 열심히 하는 아이였지. 아마도 지금 마음이 많이 어지러워서 그런 것 아니겠니? 시기가 그렇잖니, 어머니 돌아가신 때가 이때쯤이잖아."

잠깐 들었던 시선을 나는 다시 떨어뜨렸다. 사 년이나 지났지만 오래된 나무 바닥도, 사이에 낀 먼지도 똑같았다. 엄마의 죽음에 대해 이렇게 직접 말한 사람은 선생님이 처음이다. 엄마의 죽음에 대해 아는 사람들은 모두 말하기를 꺼렸다. 마치 자신들에게 잘못이 있는 것처럼. 제대로 발음하면 큰일이라도 날 것처럼.

"기다려 보자. 뭐라도 알게 되면 바로 연락할게. 선생님은 오히려 우주가 회복하고 싶어서 보내는 신호일 수도 있다고 생각해. SOS 신호처럼. 우주, 그렇게 약한 아이 아니야. 마음의 힘이 센 아이니까 괜찮을 거야. 수천 명의 아이를 지켜보다 보면 알게 되는 감이라는 게 있어."

나는 고개를 끄덕이고 "감사합니다"라고 인사하고는 자리에서 일어섰다. 내가 사 온 음료수 병 표면에 물기가 어려 있었다. 뒤돌아서는데 선생님이 나를 불러 세웠다.

"힘들면 아무 생각 없이 힘들어해도 돼. 울고 싶을 땐 울음이 나오는 만큼 울고. 슬플 때는 양껏 슬퍼하고. 그걸 그때 알려 주지 못한 것 같아서 내내 마음이 쓰였어. 그땐 어떻게 해야 할지 몰라서. 그런데 이제 선생님이 말해 줄 수 있어. 괜찮지 않아도 돼, 은하야."

재빨리 교무실에서 벗어났다. 모르는 소리다. 나는 아직도 울 수 없다. 그날도 그랬고 지금도 그렇다. 그날 운 건 우주뿐이었다. 누구보다 서럽게 엉엉 소리 지르며 울던 열한 살 우주 옆에 선명한 대비처럼 서서 눈물조차 흘리지 못하던 나와 아빠. 그 장면은 이상하게도 늘 삼인칭으로 떠오른다. 나는 분명히 일인칭으로 그 장면을 봤는데도. 거짓말하지 않고 그대로 슬퍼한 건 우주뿐이었다. 그 덕분인지 아니면 어른들의 말처럼 아직 아무것도 모르는 어린아이이기 때문인지 우주는 금세 괜찮아졌다.

가족을 잃은 슬픔에서 벗어나는 데 평균 두 달이 걸린다고 말하는 정신의학과 선생님의 인터뷰를 본 적이 있다. 믿을 수 없는 이야기였지만 그 평균은 우주에게는 작동했다.

장례가 끝나고 두 달이 지나자 우주는 원래 모습으로 돌아왔다. 축구와 휴대 전화 게임을 가장 좋아하고 벗은 양말을 아무 데나 던져두는 평범한 열한 살 아이로. 친구들과 매일 땀을 흘리며 놀았고 제 몫의 밥을 두 그릇씩 꼭 해치웠다.

그렇게 힘을 내서 자신의 온갖 일상에 대해 떠들었다. 고요한 식탁 위에서 아빠와 내가 밥을 깨작이는 동안 우주는 한 줌의 그늘도 없는 얼굴로 가열차게 웃고 떠들었다.

지금의 엄마를 처음 만난 날도 거리낌이나 조금의 머뭇거림, 망설임도 없이 단번에 "엄마!"라고 불렀다. 늘 그렇게 불러 왔다는 듯이. 처음부터 지금의 엄마가 자기 엄마였다는 듯이. 우리에게 피와 살을 주고 열 달 동안 품고 낳아 준 엄마는 원래 없었다는 듯이.

그래서 우주를 볼 때마다, 아빠와 새엄마, 우주 셋이서 정말 아무 일도 없었던 듯 보통 가족처럼 지낼 때마다 나는 이를 앙다물었다. 그러면 관자놀이가 아팠고 화가 났다.

그런데 이제는 모르겠다. 우주는 정말 괜찮을까? 잘 지낸 게 맞을까?

운동장에 멈춰 서서 하늘을 올려다보았다. 하얀 낮달이 떠 있었다. 내가 모르는 우주의 모습이 자꾸만 튀어나온다. 정말 나는 우주의 한 단면만 보고 있었던 것 같다. 달의 한 면만 보는 것처럼 납작하게 이해하고 있었던 것이다. 입체가 아닌 평면적인 모습으로. 그러니까 '동생 우주'만 본 것인지도 모른다.

> 은하야, 혹시 새로 알게 된 사실 있니?

아빠의 메시지였다. 새로 알게 된 건 많았지만 우주의 행방을 알 수 있는 단서는 아니었다. 오히려 우주에 대해 알면 알수록 우주가 어디에 있는지는커녕 낯설다는 생각만 들었다. 나는 답장을 하지 않고 집 쪽으로 빠르게 걸었다.

코너를 돌자 아파트 초입에 아빠가 서 있었다. 나도 모르게 걸음을 멈췄다. 아는 척하기도 모르는 척하기도 애매했다. 우리는 늘 각자의 몫만큼 감당해 왔으니까. 아빠한테 천천히 다가가 톡톡 두드린다. 무심코 흩뜨렸던 표정을 거둔 아빠가 나를 보고는 표정을 다시 더 고르더니 나를 바라본다. 나는 그런 아빠에게 말한다.

"아빠, 나 사실 그날 엄마한테 다녀왔거든. 아빠는 알고 있었어? 우주도 어쩌면 그 일 때문에 가출한 게 아닐까? 나는 단순한 애라고만 생각했는데 이젠 그게 아닐지도 모른다는 생각이 들어. 그런데 아빠, 아빠는 정말 잊은 거야? 아니면 아빠도 사실은……."

그러면 아빠는 어떤 표정을 지을까? 내가 곧 행동으로 옮길까 봐 겁날 만큼 생생한 상상이었다. 아니, 옮기고 싶었다. 마음이 달라졌다. 하지만 아빠는 그걸 원할까? 지금까지 아무 일도 없었다는 듯이 잘 살아왔는데. 그날로부터 점점 잘 멀어져 왔는데. 그 생각에까지 이르자 치솟아 오르던 용기가 사그라들었다.

나는 돌아섰다. 축축한 바람이 불어왔다. 하늘을 올려다보니 금방이라도 비가 내릴 듯이 먹구름이 잔뜩 몰려들고 있었다. 나는 은강 언니에게 메시지를 보냈다.

*

흰 벽에는 빔 프로젝터에서 비춘 영상이 흘러나왔다. 환한 햇살을 비추는 장면으로 시작되는 영상을 보다가 나도 모르게 눈이 부셔 잠시 눈을 감았다.

"여기 자살 생존자들이 있습니다."

'자살'이라는 단어가 들리자마자 나도 모르게 뾰족한 가시에 찔린 듯 몸이 움찔했다. 늘 의식적으로 피해 온 단어였다. 아무렇지 않은 척하려고 했지만 표정이 어색하게 구겨졌다. 순간 엄마의 손이 닿는 곳에 늘 놓여 있던 약 뭉치가 떠올랐다. 파도처럼 덮치는 기억을 떨쳐 내려고 나는 괜히 기지개를 켜며 사람들을 둘러보았다. 정도우는 편안한 표정으로 영상을 바라보고 있었다. 처음 보는 영상이 아닌 것 같았다. 영상 속에서 넓디넓은 잔디밭에 형형색색의 티셔츠를 입은 사람들이 모여 있었다.

　미국에서 자살 예방 캠페인을 여는 풍경이라는 설명이 흘러나왔다. 사람들은 각자 자신이 잃은 사람에 따라 다른 색깔의 목걸이를 찾아 건다. 빨간색은 배우자, 보라색은 친구나 친척, 금색은 부모님, 주황색은 형제나 자매, 흰색은 아이였다. 무의식적으로 '나는 금색이겠구나'라는 생각에 저절로 금색 목걸이에 눈이 갔다.

　사람들은 목걸이 색깔로 서로 알아보고 인사했다. 죽은 사람의 사진을 서로 보여 주며 안아 주기도 했다. 그들이 쓴 편지나 물건을 보여 주며 추억을 나누었다. 모두 울거나 괴성을 지를 거라는 예상과 달리 지금 살아 있는 사람들의 이야기를 나누듯 사진을 보여 주고 웃음을 터뜨리며 가볍게 이야기를 나누기도 했다.

　영상 속 사람들은 좀 이상해 보였다. 자막만 아니라면 그냥 공원에 모여 캠페인을 벌이면서 노는 것으로 보일 정도로 웃으며 이야기하는 사람이 많았다. 우는 사람도 있지만 그들을 감싼 분위기는 슬프거나 무겁지 않았다. 자신을 끊임없이 책망하거나 죽은 사람을 원망하는 사람도 없었다. 대부분 그리워하며 추억을 이야기할 뿐이었다.

　순간 오버랩되는 장례식장의 기억, 장례 이후 집에서의 기억이 떠올라 나는 이를 앙다물었다. 관자놀이에 두통이 뾰족하게 번졌다. 아무 일도 없었던 것처럼. 그런 일 따위는 일어나지 않은 것처럼. 모두 억지로 연기하는 그 기괴한 분위기가 다시 떠올랐다.

당장이라도 문을 열고 나가고 싶어 나는 굳게 닫힌 흰 문을 바라보았다. 우주를 찾고 싶어서, 아니 답답해서 은강 언니에게 무작정 연락했다. 은강 언니는 때마침 안녕 클럽이 열리는 날이라며 놀러 오라고 말했다. 집보다는 나을 것 같아 온 거였는데 역시 오지 말 걸 그랬다. 나는 파도처럼 밀려오는 목소리와 기억을 몰아내려고 애썼다. 눈꺼풀에 힘을 주고 영상을 뚫어지게 바라보았다.

"2004년에 시작된 자살 예방 캠페인은 처음엔 사천 명이었지만 지금은 이십오만 명이 함께 걷기 행사를 하고 있습니다. 그들은 걸으면서 자살하지 말자고 외칩니다."

낭랑한 내레이션과 함께 밝은 햇살 아래에서 그리운 사람들의 사진을 안고 환하게 웃고 있는 모습을 보고 있으니 이상한 소용돌이가 속에서 휘몰아쳤다. 화가 났다가 슬펐다가 다시 화가 났다. 곧 영상이 끝나자 부드러운 어둠이 내려앉았다. 옆에서 은강 언니가 내게 속삭였다.

"안녕 클럽은 이런 걸 해 보자는 거야. 우리는 조금 적극적으로 아픈 기억을 공유할 필요가 있어. 다른 사람들의 불행을 보고 '나만 불행한 게 아니네.'라고 위안 삼자는 게 아니야. 아파 본 사람들은 얼마나 아픈지 아니까 서로 터놓자는 거지. 어떤 죽음이나 이별도 괜찮아. 각자의 마음을 마주하고 털어놓으면서 안녕하게 안녕하는 법을 배워 가자는 거고. 아마도 네 동생도 이런 걸 바랄지도 몰라. 어때? 은하도 은하 동생도 같이해 보는 거.”

은강 언니가 벽으로 가 스위치를 켜자 등이 환히 켜졌다. 동시에 어둠에 잠겨 있던 얼굴들이 드러났다. 지금 자리를 박차고 나가기는 애매했다.

안녕하게 안녕하는 법. 여러 번 들으니 안녕이라는 말이 궁금해졌다. 그 말을 중얼거리며 나는 얼른 휴대 전화로 포털 사이트에서 '안녕'을 검색했다.

안녕하다.
1. 아무 탈 없이 편안하다.
2. 몸이 건강하고 마음이 편안하다. 안부를 전하거나 물을 때 쓴다.

안녕
1. 아무 탈 없이 편안함.
2. 편한 사이에서 서로 만나거나 헤어질 때 정답게 하는 인사말.

아무 탈 없이 편안하게 헤어질 수 있는 방법. 엄마와 내가 그럴 수 있을까? 사실 나는 이미 고장 났다. 아니, 어쩌면 아빠도 나도 우주도 어쩌면 새엄마도 고장 난 게 아닐까? 그럼 고장 나지 않으려면 어떡해야 할까? 나는 카페 미팅 룸 안의 얼굴들을 가만히 쳐다보았다. 정도우는 눈이 마주치자 머리를 긁적이며 한 박자 늦게 웃었고 은강 언니, 기연 아줌마는 고개를 끄덕였다.

"일단 은하는 지켜보기만 해도 돼. 말하고 싶으면 언제든지 말해도 돼. 일단 나부터 시작할게."

은강 언니는 숨을 한 번 들이쉬고는 망설임 없이 말하기 시작했다.

"오늘은 그냥 추억을 하나 이야기하려고 해요. 여름밤이었고 이유는 기억나지 않는데 엄마 아빠도 집을 비워 동생이랑 저 둘이서 있었거든요. 각자 방에서 할 일을 하고 있었는데 갑자기 아이스크림이 너무 먹고 싶었어요. 그래서 동생에게 제안했죠. 이 누나가 아이스크림을 사 주겠으니 뭘 먹겠냐고. 그날따라 걔가 같이 가자고 흔쾌히 나섰어요. 평소에는 외식이며 가족 행사에도 학을 떼던 애인데.

그래서 둘이 일부러 돌고 돌아 집에서 제일 먼 편의점에 가서 아이스크림을 하나씩 골라 먹으며 산책을 했어요. 걔는 멜론 맛 아이스크림, 저는 커피 맛 아이스크림. 걔랑 나랑 발걸음 소리도 안 맞아서 이런 것도 못 맞추냐고 타박하다가 슬리퍼 신고 집까지 뛰었는데 걔가 안 봐줘서 결국 제가 졌거든요. 별일 있었던 것도 아닌데 고요하던 여름밤 골목길과 시간도 모르고 혼자 울던 매미 소리나 후덥지근한 공기 같은 거. 입안에 남은 달콤한 아이스크림 맛. 그게 너무 생생해요.

그때 그 애는 무슨 말을 하고 싶어서 따라나선 걸까? 어떤 마음이었을까? 그때도 지옥 같았을까? 그때라도 '내가 좀 더 같이 말해 볼걸' 이런 생각도 들지만……. 둘이 함께한 시간이 있어서 다행이라고 생각해요. 그때는 이상하게 동네가 너무 조용해서 세상에 둘만 남겨진 것 같았거든요. 이사를 했는데도 가끔 그 길을 걸으러 가요, 혼자. 특히 이렇게 여름이 가까워질 때면."

언니는 그 기억을 재생하는 듯 눈을 감고 말하는 동안 입가에 웃음기가 살그머니 떠올랐다. 기연 아줌마도 고개를 끄덕이더니 말을 이었다.

"맞아. 추억이 참 많지. 커다란 기억보다 사소한 기억이 그래. 나는 붕어빵만 보면 그렇게 남편 생각이 나더라. 겨울만 되면 꼭 현금을 들고 다니면서 붕어빵을 사 왔거든. 나는 따뜻한 것보다 바삭바삭한 게 좋다고 말했는데도 식으면 안 된다고 품에 품고 온 그 눅눅하고 진득한 팥 맛이 생각나. 그걸 내려놓던 거칠거칠한 손도."

눈물이 나는지 코끝이 붉어진 은강 언니가 내 손을 슬쩍 잡았다.

"맞아요. 슬픔을 참을수록 결국 빚처럼 감당할 수 없을 만큼 더 불어나더라고요. 나중에는 진짜 감당이 안 돼서 감정이 마비되거나 몸이 고장 나거나. 마음도 살아 보겠다고 어떤 방식으로든 반응이 나타나더라고요. 어쨌든 은하야, 꼭 힘든 사연을 이야기하자는 건 아니야. 그 사람과의 추억도 좋고 그 사람에 대한 마음을 털어놔도 좋아. 마음껏 그리워하고 슬픔도 나누자는 거지. 죽음에 대해서는 모두 말하기 어려워하니까 그럴 기회가 없잖아. 여기서 이야기하다 보면 처음에야 잃은 날 이야기를 많이 하지만 나중에는 추억에 대해, 그 사람에 대해 더 많이 이야기하게 돼. 그럼 영원히 기억할 수 있고 마음껏 그리워할 수 있으니까. 그게 너한테도 동생한테도, 아니 모두에게 필요하다고 생각해."

나는 고개를 떨구고 발끝만 바라보았다. 하지만 엄마가 죽었는데도 울지 못하는 나는 정말 이상한 게 아닐까? 나도 슬픈 걸까? 나도 슬픈 거라면 아빠도 우주도 내가 알고 있는 거랑 다른 게 아닐까? 아빠와 우주의 진짜 마음이 궁금해졌다.

"울지 못한다고 해서 슬프지 않거나 덜 슬픈 것도 아니야. 오히려 너무 슬퍼서, 마주하기 힘들어서 못 울기도 한대. 감정이 마비되는 거지. 감정을 아예 소거해서 마음을 죽여 버리는 거지. 근데 이게 괜찮을 리 없잖아? 결국 나중에는 모든 일상이 마비돼. 나도 그랬어. 동생이 그렇게 가고 '자식을 잃은 엄마 아빠가 더 힘들겠지' 생각했고 어른들도 네가 잘해야 한다고 말했으니까 씩씩한 척 괜찮은 척했는데 그러다가 내가 고장이 난 거야. 살기 위해 발버둥 치다가 이런 클럽까지 만들게 된 거고. 슬퍼하는 방법보다 더 중요한 건 지금 자신이 얼마나 슬픈지 아는 거래. 그래서 이 안녕 클럽을 해 보자는 거야. 동생 찾으면 꼭 같이 와, 안녕 클럽에. 동생에게 무엇보다 필요한 건 이런 것일지도 모르니까."

마치 내 마음이 들리기라도 하는 듯 은강 언니는 말했다. 슬퍼하는 모습은 제각각이다. 그 말꼬리 뒤로 늘 웃는 우주의 얼굴이 떠올랐다. 은강 언니와 눈이 마주쳤다. 목과 코가 매워졌지만 여전히 눈물은 나오지 않았다. 하지만 나는 코끝에 고인 비 냄새를 그대로 들이마셨다. 그날 이후 비 냄새를 내뱉지 않은 건 처음이었다.

고백

 집을 나서려는데 라테가 내 종아리를 휘감고 뱅뱅 돌았다. 나는 그 자리에 쭈그려 앉았다.
 "누나가 안 갔으면 좋겠어?"
 그렇다는 듯 라테가 내 발등 위로 올라섰다. 부드럽고 따뜻한 감촉이 발등에 그대로 느껴졌다. 그동안 라테의 눈병은 많이 나았다. 유리구슬 같은 동그란 눈과 마주치자 마음 한가운데서 찌르르 통증이 퍼져 나갔다.
 처음 느끼는 이상한 기분이었다. 이런 게 사랑일까? 자식을 보는 기분의 백분의 일은 될까? 아니, 천분의 일이라도. 이런 마음의 백 배라면, 천 배라면 자신이 낳은 자식을 새끼를 쉽게 버릴 수는 없지 않을까? 두고 갈 수는 없지 않을까? 마음이 아무리 힘들었더라도 고장이 났더라도. 식탁 위에 한가득 쌓여 있던 약 뭉치가 떠올라 나는 고개를 저었다.

"라테야. 라테는 엄마 안 보고 싶어? 라테 엄마는 어디 갔어, 응? 혹시 널 두고 가 버렸어? 왜? 네가 아파서? 아니면 키우기 힘들어서? 아니면 도대체 왜……."

라테는 내 말을 알아듣는 것처럼 대답하지 않았다. 나는 라테의 콧잔등을 툭 쳤다. "삐유우!" 하고 라테가 울었다. 내가 사랑해 줄게. 나는 내가 힘들다고 절대로 널 내버리지 않을 거야. 혼잣말을 중얼거리며 일어섰다.

한숨을 내쉬며 코끝에 고인 비 냄새를 밀어냈지만 그럴수록 비 냄새는 더 짙어지기만 했다. 지금 시기가 되면 도무지 가시지 않는 냄새다.

걸음을 돌려 베란다 창가로 향했다. 레고처럼 작아진 사람들과 자동차가 보였다. 나는 창문에 이마를 붙이고 아래를 한참 내려다보았다.

떨어지면 아프겠지. 죽는다는 건. 그 직전까지 엄청 아프겠지. 아무리 모든 게 끝나더라도.

위험한 생각이 드는 건 뇌에서 그런 위험한 상황에 대비하기 위해 의식적으로 떠올리는 생각이라는 이야기를 들은 적이 있다. 하지만 정말 그래서일까?

'띠링!' 문자가 울렸다.

> 학교 가고 있지, 은하야? 집에 있다고 해서 할 수 있는 게 없어.
> 경찰 쪽과 학교에서도 사고보다는 가출 쪽으로 무게를 두고 있어.
> 마지막으로 목격된 CCTV에서도 우주는 무사했잖아.
> 아빠도 엄마도 열심히 찾고 있어. 그러니까 일단 오늘은 학교에 가.

역시 아빠는 다음을 사는 사람이다. 아무리 우주가 사라져도 아빠는 다음을 생각한다. 하지만 나는 그럴 수 없다. 간밤에 우주의 SNS를 뒤지느라 잠을 못 자 머리가 멍했다.

한숨을 쉬고 베란다에서 나와서 가방을 멨다. 라테가 다시 내 종아리를 휘감았다. 고양이는 외로움을 안 탄다더니 순 거짓말이었다. 라테는 처음 구조한 나를 기억하는지 집에서도 늘 나만 따라다녔다. 삐약삐약거리면서. 내가 알고 있던 모든 것이 거짓말 같았다. 고양이에 대해서도 우주에 대해서도. 어쩌면 모든 것이.

"무슨 일 있어? 요즘 되게 이상해, 너."

갑자기 귓가에 울리는 목소리에 나는 화들짝 놀라 날갯짓하듯 푸드덕거렸다. 멍때리는 사이 수업이 끝난 모양이었다. 혜주가 내 옆에서 "와하하!" 웃었다.

"은하 날아가겠어."

봄이도 내 팔을 붙잡고 웃었다. 나도 모르게 습관처럼 작게 따라 웃었다가 빠르게 웃음을 삼켰다. 아무리 습관이라지만 이 와중에도 웃음이 나오는 게 신기하고 이상했다.

감정이나 마음이 사라졌다고 생각했는데도 일상의 소소한 순간에서 또 기분이 드러난다. 이런 순간에는 또 나를 누르는 것만 같은 무거운 공기가 절반은 가벼워지는 것 같다. 드라마 속에서는 내내 우울이나 슬픔에만 빠져 있던데 그런 일은 일어나지 않는 걸까? 나는 정말 이상한 애가 아닐까? 동생이 사라졌는데도 웃는 누나라니.

"또 봐라. 대답도 안 하고 멍때리지. 무슨 일이 있냐고, 이은하!"

혜주는 앉아 있는 내 등 위로 업히듯 매달렸다. 무슨 일. 그런 말을 듣자마자 머릿속에는 최근 며칠 동안 일어난 일이 와르르 떠올랐다. 하지만 어디서부터 어디까지 이야기해야 할지 알 수 없었다.

"아, 맞다! 은하야, 나 라테 보여 줘. 응응? 계속 아른아른거려. 나 진짜 이번 주말에는 보러 가면 안 돼? 네 방에서 얌전히 고양이만 볼게."

다행이었다. 그 덕분에 나는 떠오른 말을 입에 가둔 채 위기를 넘길 수 있었다. 혜주가 몇 번 더 졸랐다면, 좀 더 기다려 주었다면 털어놓았을지도 모른다. 요즘 들어 자주 왈칵왈칵 말을 뱉고 싶다. 은강 언니와 정도우를 만난 후부터, 어쩌면 슬픔을 산 그때부터, 아니면 슬픔을 사겠다고 마음먹은 그때부터.

하지만 내 이야기를 털어놓았다간 혜주도 봄이도 어쩔 줄 모를 것이다. 사람들은 심각하고 어려운 이야기를 힘들어한다. 고민을 털어놓더라도 누구를 좋아했는데 차였다거나 성적이 어떻다거나 부모님 사이가 좀 별로라거나 평범하고 튀지 않고 "그렇구나!" 공감할 수 있지만 곧 잊을 수 있는 정도가 좋다. 그 '적당히'를 모르면 결국 어두운 애, 어딘가 꺼림칙한 애가 되니까.

그때도 그랬다. 열네 살 그날을 단짝에게 털어놓았다. 그 이후 내 뒤로 피어오르던 소문과 뒷담화, 나를 대할 때 어색해지던 아이들과 멀어진 단짝이 아직도 생생하다. 역시 이야기하지 않는 편이 좋다. 혹시 말하더라도 안녕 클럽 멤버나 슬픔 스트리머에게 털어놓는 게 나을 거다.

휴대 전화를 켜 라테 사진을 보여 주었다. 혜주는 사진을 넘기며 연신 소리를 질렀다.

"어떻게 이렇게 귀여워? 와, 너무 귀여워. 눈물 날 정도로."

이렇게 호들갑 떨어 줘서 차라리 다행이었다. 한참 라테를 구경하던 봄이가 지갑을 들어 보이며 외쳤다.

"얘들아, 오늘 저녁은 급식 대신 떡볶이. 고? 내가 쏠게."

순간 봄이와 눈이 마주쳤다. 웃음기 어려 있던 봄이의 눈이 잠시 꺼졌다가 다시 돌아왔다. 급식실에서 있었던 일이 떠올랐다. 떡볶이는 봄이가 우울할 때 먹는 메뉴였다.

우리는 앱으로 떡볶이를 주문한 뒤 학교 서관의 정원으로 이동했다. 학교 쪽문과 접한 담벼락이 있는 서관의 정원은 암묵적으로 배달의 성지였다. 급식 신청이 자유로워서 특히 석식은 도시락을 싸 오거나 다이어트를 한다며 굶는 아이들도 있었다. 대부분은 급식을 신청해 먹다가 유난히 맛없는 메뉴가 나오거나 특별히 먹고 싶은 게 있는 날에는 배달을 시켜 먹었다.

쪽문에 도착한 뒤 배달 기사님의 전화가 오면 우리는 쪽문의 틈 사이로 음식을 몰래 건네받는다. 선생님들도 눈감아 주는 분위기다.

"오랜만이다, 떡볶이. 시험 기간에 진짜 자주 먹었는데."

"그러게. 이상하게 집에서 먹으면 이 맛이 안 난다니까."

"나도. 선생님께 걸릴까 봐 심장이 쫄깃쫄깃해져서 그런가? 아, 매운 떡볶이 얼마 만이냐? 신난다."

전화가 올 때까지 우리는 정원을 거닐었다. 초여름으로 접어들어 해가 길어서인지 아직 날이 환했고 정원에는 초록이 무성했다.

혜주의 수다를 들으며 걷는데 봄이는 쾌활한 척 목소리를 높이다가도 중간중간 혼자 멍하니 생각에 잠겼다. 알아볼 수 있다. 봄이에게 무슨 일이 있다는 걸. 엄마의 기분은 바다 한가운데 섬 날씨처럼 늘 변화무쌍했다. 그런 엄마의 기분을 감지하느라 어릴 때부터 발달한 감각인지 다른 사람의 미묘한 기분 변화를 나는 쉽게 알아챘다. 생각에 잠긴 봄이의 어깨를 툭 치고 물었다.

"무슨 일이야, 봄아?"

화단의 꽃을 보는 척 허공을 응시하던 봄이가 우뚝 멈춰 섰다.

봄이의 눈 아래 팬 인디언 보조개가 깊어지나 싶더니 순식간에 얼굴이 일그러졌다. 뺨 위로 봄이의 굵은 눈물이 뚝뚝 떨어졌다. 순간 당황한 나는 그대로 얼음이 되었다. 이런 순간에는 몸이 굳는다. 어떻게 해야 할지 몰라서 머릿속이 새하얘진다.

혜주가 쪼르르 달려가 봄이를 안아 주었다. '도레미'는 애들이 우리 셋을 부르는 별명인데 도는 키가 가장 작은 혜주이고 키가 훌쩍 큰 봄이는 미이고 중간인 내가 레다. 도, 그러니까 봄이보다 머리 하나는 작은 혜주가 봄이를 안고 있는 모양새가 웃겼지만 봄이는 그대로 안긴 채 훌쩍였다.

"우리 봄이 왜 울어? 누가 그랬어, 응? 나쁜 놈 혼내 줄게. 다 말해 봐. 그래그래, 울어. 울어야 속이 시원해지지."

그 응원을 따라 봄이의 울음이 더 커졌다. 동시에 봄이의 전화벨이 울렸다. 나는 눈치껏 봄이의 휴대 전화를 슬쩍 들고 쪽문으로 갔다.

"네, 지금 갈게요."

나는 전화를 받는 것도 어색한데 어째서 혜주는 모든 게 자연스러울까. 자신의 감정을 여과 없이 잘 드러내고 다른 사람의 감정도 자연스럽게 잘 받아들이는 혜주. 그런 혜주가 정말 부러웠다. 나는 힘없이 쪽문 뒤에 숨어 배달원에게 떡볶이를 받아 들었다. 묵직한 비닐봉지를 받자마자 매운 냄새가 코끝을 찔렀다.

벤치에 신문지를 깔고 떡볶이를 펼쳐 놓았다. 잠시 머뭇거리던 봄이는 천천히 말을 시작했다. 나는 왼쪽 주머니에 손을 넣어 휴대 전화를 만지작거리다가 뗐다. 이런 순간에 온전히 마음이 집중되지 않는다. 피하고 싶을 뿐이다. 나는 부산스럽게 손을 움직이며 봄이의 이야기를 겨우 따라 들었다.

 봄이는 중학교 때까지 촉망받는 피겨 선수였다. 다른 아이들이 영어 단어를 외우고 수학 문제를 푸는 동안 봄이는 피겨 훈련을 하는 데 시간을 쏟았다. 피겨 선수가 아닌 미래는 생각해 본 적이 없었다. 처음 피겨를 시작할 때만 해도 봄이는 분명히 유망주였다.
 하지만 중 2 무렵 멈출 줄 알았던 키는 계속 자랐다. 동시에 몸무게는 빠르게 늘었다. 채소와 단백질 위주로만 먹는데도. 모든 선수가 키나 몸무게가 느는 게 좋은 것만은 아니다. 키가 너무 자라거나 몸무게가 늘면 피겨 선수에게는 절대적으로 불리하다. 몸에 익혀 놓은 회전 감각이며 균형 감각을 다시 길러야 하기 때문이다.
 그 와중에 봄이는 발목 부상을 당했고 봄이의 성적은 점점 떨어졌다. 엎친 데 덮친 격으로 봄이의 아빠가 회사에서 잘렸다. 즉, 비용이 많이 드는 봄이의 피겨 선수 생활을 더는 지원할 수 없다는 뜻이었다. 봄이네 집은 평범하디평범해서 그렇지 않아도 봄이를 지원하는 일이 버거워지던 참이었다. 결국 봄이는 피겨를 그만뒀다. 그리고 처음으로 다시 되돌아왔다. 무엇이 하고 싶은지

다시 꿈을 찾는 단계로.

"사람들의 생각보다 더 운동에 필요한 건 노력보다 선천적 재능이야. 재능이 있는데 죽도록 노력하면 성공하지만 재능이 없는데 죽도록 노력만 한다고 나아지긴 어려워. 나는 정말 노력파였거든. 평생 해 온 걸 놓고 나니 이제 뭘 해야 할지 모르겠어. 그래서 사실 조금이라도 마음 잡는 걸 놓치면 마음은 금세 지옥이야. 내 인생이 다 실패한 것 같고……. 그러지 않으려고 노력 중이야. 실패한 기분이 안 들게 하는 법도 연습하고 새로 하고 싶은 것도 찾아보고 있고. 너희처럼 앉아서 수업 듣고 공부하는 것도 마찬가지야. 근육을 기르듯이 차근차근 애쓰고 있는데. 그런데 너무 힘들어……. 잘 안돼. 매일 실패야. 뭐든 처음이 제일 어려운 것 같아. 피겨도 그랬거든. 무슨 동작이든 할 때는 시간과 노력이 많이 들어. 기초가 제일 어려워. 체력이랑 유연성을 기르고 근력을 기르고. 아주 기본적인 동작을 수천 번 연습해서 익힌 다음에 하는 거야. 그런데 너희는 이미 길러 왔잖아? 나는 처음부터 하려니 너무 힘들어. 물론 연습하다 보면 된다는 걸 알지만. 그래서 하고는 있는데 모르겠어, 나도."

처음 말을 시작할 때는 명확했던 것 같은 봄이의 말이 흐려졌다. 혼란스러운 봄이의 솔직한 마음 그대로인 것 같았다. 뭐가 뭔지 잘 모르는 마음. 나도 항상 그렇다. 엄마를 생각할 때도 우주를 생각할 때도, 뭔가를 말할까 말까 망설이는 지금도.

"이미 멋진데. 나였으면 벌써 나가떨어졌을걸? 세상을 원망하거나 이런 유전자를 물려준 엄마 아빠를 저주하면서 방구석에 처박혀 있었을 거야. 역시 체육인! 정신력 짱이야."

"맞아, 대단해. 너 그런데도 충분히 잘하고 있잖아, 봄아."

우리의 위로에도 봄이는 고개를 작게 흔들었다.

"저번에 걔네는 왜 그런 거야? 그럼 더 응원해야 하는 거 아냐? 나쁜 것들."

걔네가 있는 것도 아닌데 혜주는 그 아이들이 꼭 있는 것처럼 뒤를 휙 노려보며 봄이의 팔짱을 꼈다. 봄이가 요즘 힘든 건 어쩌면 그 아이들 탓도 있다는 걸 나도 어렴풋이 알고 있었다. 역시 혜주는 피하지 않고 묻는다. 나는 혜주의 용기에 감탄하며 봄이의 얼굴을 바라보았다.

"내가 먼저 피했어. 왜 그만두는지, 왜 안 나가는지도 말하지 않았어. 아무것도 설명하고 싶지 않았거든. 뭐랄까 다 알고 있지만 그걸 내 입으로 말하면 정말 진짜가 되어 버리는 기분이라고 해야 하나? 말 안 해도 진짜이지만……. 이제 피겨 그만두겠다고 차마 내 입으로 말하기는 싫더라. 그때는 감당이 안 되어서 숨은 건데 걔들도 나름 내가 짜증 났을 거야. 물론 그렇다고 저렇게까지 할 필요는 없을 것 같은데. 어쨌든 미안. 떡볶이 먹자고 해 놓고 먹지도 못하고. 그래도 말하고 나니 후련하다. 처음 말하는 거야,

나 피겨 그만두었다고. 그동안 계속 피했거든. 회피형인가 봐."

말하고 나면 정말 후련해질까? 나는 발개진 봄이의 얼굴을 보며 어깨만 토닥토닥했다. 뭐라고 함부로 말할 수 없었다. 가끔은 위로가 비난보다 더 상처가 된다는 걸 아니까. 봄이는 그제야 배가 고팠는지 나무젓가락을 들고 그사이에 굳어 버린 떡볶이를 파헤치기 시작했다.

"이제 저녁 시간 얼마 안 남았어. 조금이라도 먹자. 탱탱 불어서 맛은 없겠지만."

호호 입바람을 불며 어느 때보다 맛있게 먹는 봄이의 얼굴은 개운해 보였다. 혜주가 무심코 툭 이야기했다.

"너도 우리 오빠들 좋아하면 위로가 될 텐데. 좋아하는 게 있으면 마음이 풀려."

'그런 것으로 위로가 되는 것도 있고 아닌 것도 있지 않을까? 아직 아무것도 몰라서, 네가 그 정도로만 슬픔을 알아서 그런 게 아닐까?'

그 말을 떠올렸다가 황급히 다시 생각을 삼켰다. 가끔 혜주에게는 왜 이렇게 마음이 뾰족해지는지 모르겠다. 늘 태평해 보이고 긍정적인 혜주가 가끔 얄미울 때가 있다. 혜주의 잘못이 아니라는 걸 알면서도. 괜히 화가 울컥울컥 나는 것도 이상하다. 나는 괜히 더 웃으면서 말을 건넸다.

"봄이 고생했네. 지금부터 찾으면 되지. 그래도 되게 멋있어. 나는 아무것도 안 했는데도 아직 내 꿈을 몰라. 엄청나게 노력해 본 게 있다는 것부터가 나보다 훨씬 나은 거지."

"고마워. 그런데 뭐, 누가 나은 게 어딨어? 각자 다른 건데. 갑자기 터뜨렸는데 받아 줘서 진짜 고마워. 사실 이런 말을 하면 분위기 망칠까 봐 내내 참았는데 말하고 나니 갑자기 별것 아닌 것 같고 웃긴다."

"그게 눈물의 효과야. 내가 왜 잘 우냐? 다 그런 거다? 그런데 학교에서는 꿈을 버리는 법, 이런 건 왜 안 가르쳐 주는지 몰라."

"그러게. 매일 찾으라고만 하고. 사실 찾은 꿈을 이루는 사람보다 못 이루는 사람이 훨씬 많잖아. 우리 엄마, 아빠, 이모 다 그래. 어쩌면 선생님도. 못 이룬 꿈과 잘 헤어지는 법, 꿈을 이루지 못해도 잘 사는 법, 이런 것도 가르쳐 줘야 하는 거 아닌가?"

어느새 봄이는 평소와 같은 표정으로 돌아왔다. 나는 괜히 나무젓가락으로 꾸덕해진 떡볶이를 쿡쿡 찔렀다.

"은하야, 너도 요즘 이상해. 무슨 일 있으면 말해. 언니가 다 들어 줄게."

혜주와 눈이 마주치자 마음이 쿡 찔렸다. 예상치 못한 질문이었다. 혜주의 갈색 눈동자와 마주치는 순간 수도꼭지를 잠그듯이 목구멍이 꽉 잠기는 느낌이었다. 이런 순간에는 어떡해야 할까? 너무 진지하고 무거운 이야기를 하거나 슬픔이나 힘듦에 대해 말해야 하는 순간이 오면 몸이 간지러워진다. 비유가 아니라 진짜

다. 손가락부터 등, 발바닥, 머리까지. 나는 이마를 긁었다. 봄이와 혜주의 진지한 눈동자가 나를 향하고 있었다. 내가 한참 눈만 굴리자 혜주가 됐다는 듯 손을 휘휘 저으며 먼저 입을 뗐다.

"나는 얼마 전에 헤어졌다, 남자 친구랑."

"어?"

"네가 남자 친구가 있었다고?"

"응. 학원에서 만난 애인데 내가 진짜 좋아했거든. 얼마 전에 헤어졌어. 아니, 차였어. 도무지 안 받아 줘서 계속 전화도 하고 찾아갔단 말이야. 그런데 뭐라는 줄 알아? 스토커 같대. 아무리 그래도 어떻게 그런 말을 하냐? 전 여친한테. 그 덕분에 사실 자존감도 거의 바닥이야. 정말 매일 악몽을 꾸고 입맛도 사라질 정도야. 그러니 죽…… 아니, 진짜 슬펐다. 막 걷다가 툭 치면 눈물이 날 정도로. 왠지 쉽게 말하지 못하겠더라. 아직 내가 못 믿어서 그런가? 그래서 봄이 네 말을 이해할 수 있을 것 같기도 해. 모르겠어. 좋아하는 사람이랑 어떻게 헤어져야 하는지……. 난 친구랑 싸워도 누구랑 멀어지는 거 진짜 잘 못 하거든. 잘 헤어지는 방법은 왜 안 가르쳐 줄까? 어쨌든 이제 은하 차례. 물론 말하기 힘들면 안 해도 돼. 그래도 난 은하바라기니까 사랑해 줄게."

혜주는 나를 향해 손 하트를 만들어 보였다. 나는 멍하니 혜주를 바라보았다. 자기 일상의 A부터 Z까지 털어놓는 혜주라서 비밀이 있는 줄은 몰랐다. 봄이도 혜주도 뭔가와 헤어지고 있었구나. 안녕하게 안녕하는 법을 모두 배울 필요가 있을지도 모르겠다.

  내 비밀을 말하면 두 사람은 어떤 표정을 지을까? 생각이 거기까지 다다르자 입이 떨어지지 않았다. 예비 종 치는 소리가 멀리서 희미하게 들려왔다. 우리는 황급히 떡볶이를 정리하기 시작했다.

  평소라면 한 통을 다 비웠을 텐데 절반이나 남은 떡볶이는 꼭 내 마음 같았다. 애매한 타이밍에 굳은 혀가 까끌했다. 말한다면 어디서부터 어디까지 해야 할까? 슬픔에도 말할 수 있는 슬픔이 있고 말할 수 없는 슬픔이 있다. 그렇지만 이거라도 말하고 싶었다.

  "동생이 가출했어. 사흘째야."

  그때 경고하듯 왼쪽 주머니에서 부르르 진동이 울렸다.

우주를 이해하는 법

하지. 낮이 가장 긴 날이었다. 일곱 시가 가까운 시간인데도 하늘이 환했다. 이제 막 해가 지려는지 햇살이 주황빛으로 물들고 있었다. 나는 숨을 천천히 몰아쉬며 창밖을 바라보았다. 그곳이 가까워질수록 맥박은 더 빨라지고 있었다. 거기에 정말 우주가 있을까? 나는 우주가 보낸 사진을 다시 바라보았다.

'고 유혜연' 엄마의 명패가 걸린 엄마의 나무 사진을 클로즈업한 사진이었다. 나무둥치나 잎사귀만 겨우 보일 정도라 시간대를 가늠할 수 없지만 밤이 아닌 건 분명했다.

우주는 내게 아무 설명도 없이 그 사진을 보냈다. 조금 전에. 곧바로 전화를 걸었지만 우주의 휴대 전화는 꺼져 있었다. 우주는 도대체 무슨 생각을 하는 걸까? 나랑 숨바꼭질이라도 하려는 걸까?

엄마 아빠에게 전화하는 대신 나는 은강 언니에게 전화해서 만났다. 이유는 스스로도 설명하기 어렵지만.

"진짜 거기 있을까요? 이렇게 무작정 가는 게 맞는지 모르겠어요."

"일단 가 보는 거지. 미안해하지 않아도 돼. 일단 우주부터 찾아보자. 사실 다행이야. 너한테 SOS 신호를 보내는 거라고 나는 생각하거든. 뭐든지 계속 참는다고 좋을 건 없어. 우주가 말을 건 걸지도 몰라. 더 이상 이렇게 아무 일도 없었던 것처럼 지내지 말자고. 너무 힘들다고 서로 이야기하자고."

은강 언니는 작게 음악을 틀었다. 잔잔하고 담담한데 듣다 보니 왠지 슬픈 목소리가 흘러나왔다. 우주가 들으면 하품이나 해 댈 노래였다. 아니다. 이젠 우주에 대해 내가 아는 건 다 거짓말 같다.

"정말 신호를 보내는 걸까요? 그런데 갑자기 왜 이런 방식으로……."

"서로에게 상처가 될 거 같아서 버티다가 터졌을지도 모르지. 은하 너의 행동이 트리거가 되었을 수도 있고. 너한테 사진을 보냈으니 거기 가면 우주를 찾든 우주가 말하고 싶은 게 뭐든 알 수 있을 거야. 괜찮아."

언니는 일부러 활기찬 척하며 말했다. 하지만 은강 언니의 얼굴에도 자꾸만 불안이 고이는 걸 언니와 잘 모르는 나도 알아챌 정도였다. 내 머릿속에서도 '설마' 하는 나쁜 상상이 펼쳐지고 있었다. 그때 정도우가 내게 불쑥 고개를 내밀며 말했다.

"참, 라테는 어때?"

"눈병은 다 나았고 가끔 기침을 하는데, 괜찮아."

"라테 보여 줘."

휴대 전화로 찍은 라테의 사진과 동영상을 옆에 앉은 정도우에게 보여 주었다. 사진을 넘길 때마다 정도우는 연신 귀엽다며 목소리를 높였다. 정도우와 은강 언니가 괜찮은 척 이런저런 말을 뱉고 있었지만 이상한 고요가 순간순간 차 안을 휘감았다. 어떤 순간이 마음속에서 반복 재생되고 있다는 걸 모두 알 수 있었다. 나는 비 냄새를 맡으며 창밖을 바라보았다. 곧 차 안은 소리가 사라진 듯 고요해졌다.

바람 한 점 불지 않아서인지 평화 영원 공원은 소리가 사라진 세상 같았다. 사방을 두리번거렸지만 우리 외에는 아무도 보이지 않았다. 나를 앞세우고 은강 언니와 정도우는 일렬로 서서 주변을 둘러보기 시작했다. 지나가는 바람이 꽤 선득했다. 나는 으슬으슬해진 팔을 두 손으로 쓰다듬었다.

우주는 이곳을 기억하고 있었다. 우주는 엄마가 이곳에 있다는 사실조차 잊었을지 모른다고, 아니 잊고 싶은지도 모른다고 나는 생각했다. 우리는 그날 이후로 단 한 번도 엄마 이야기를 하지 않았으니까. 언덕 위에 나란히 자리 잡은 봉안당과 계단식 논처럼 야트막하게 깎인 채 줄지어 선 나무 사이를 눈으로 훑었지만 우주는 보이지 않았다.

"도대체 어디 있는 거야, 우주."

닿을 리 없지만 들으라는 듯 중얼거렸다. 나는 이제는 잘 아는 길을, 며칠 전 세 시간 동안 헤매며 기억해 둔 길을 따라 걸었다. 말이 없어진 은강 언니와 정도우도 조용히 내 뒤를 따라왔다. 정도우만 아주 잠시 그날 앉아 울던 자리에 멈춰 서는 게 등으로도 느껴졌다.

엄마의 나무 앞에 서자 펜던트 안에 있는 엄마와 눈이 마주쳤다. 나는 이를 앙다물었다. 날카로운 통증이 머리를 스치고 지나갔다.

"슬프면 울고 화가 나면 화를 내고 뭔가 부당하다는 생각이 들면 항의하세요. 다 참느라 이를 앙다무니 턱에 무리가 가죠."

편두통이 심해지는 데다 악관절이 아파서 간 병원에서 들었던 의사 선생님의 참지 말라는 말이 떠올랐다. 앙다물었던 입을 떼자 잡아챌 새도 없이 말이 쏟아져나왔다.

"엄마, 엄마, 우주 어딨어? 혹시 여기 왔어? 귀신이나 영혼이 있으면 좀 알려 줘. 그렇게 우리를 두고 갔으면 이 정도는 도와줄 수 있는 거 아냐, 응?"

내 말이 끝나자 사방이 더 고요하게 느껴졌다. 환하게 웃고 있는 엄마의 얼굴을 바라보자 왈칵 말이 토해졌다.

"그런데 엄마, 도대체 왜 그랬어? 나는 정말 큰일이 있어야만 그런 선택을 하는 줄 알았어. 영화에 나오는 것처럼 딱지가 붙거나 정말 지독한 병에 걸리거나 엄청나게 안 좋은 일이 생기거나. 그런데 아니었잖아. 나는 엄마의 마음이 늘 제일 큰 수수께끼였어. 뭐가 그렇게 힘들고 슬펐는지 나는 모르니까. 엄마가 늘 먹던 약으로도 해결이 안 되었던 거야? 그럼 다른 방법을 찾아볼 수는 없었어? 노력하면 된다며. 아무리 그래도 그렇지. 우릴 두고 어떻게, 어떻게 그럴 수 있어? 나 안 사랑했어? 우주는? 안 무서웠어? 안 아팠어? 그런데 정말 왜 그랬어? 사실 정말 죽도록 엄마가 미웠어. 너무너무 미워서 안 울었어. 못 울었어. 울기 시작하면 울다가 정말 죽을 수도 있을 것 같아서. 나중에는 아예 고장이 나더라. 엄마, 진짜 나빴어. 그러니까 이거라도 알려 주면 덜 미워할게. 우주는 어디 갔어? 여기 왔어? 우주는 괜찮아 보였어?"

내 안에 있는 줄도 몰랐던 말이 끝없이 쏟아져 나왔다. 우습게도 말하고 나니 마음이 선명해졌다.

"할 수 있어. 잠수하듯이 숨을 참고 일단 시작해 봐. 그럼 분명히 할 수 있어. 파이팅, 우리 딸."

그건 엄마의 말버릇이었다. 내가 두발자전거 안장 위에 처음 오를 때도, 첫 학예회 무대를 올라가기 부끄럽다고 징징거리며 울 때도, 반장 선거에 나갈까 말까 고민할 때도 하면 된다고, 노력하면 된다고 했으면서 엄마는 왜 그러지 않았을까.

'왜?'라는 그 물음이 돌덩이처럼 얹혔다. '왜?'를 수천 번 생각하다 보면 수많은 가능성이 결국 '어쩌면 나 때문은 아닐까?'로 돌아왔다. 말도 안 된다고 사람들이 말할 거라는 건 안다. 혜주나 봄이가 그런 말을 하면 정말 말도 안 되는 소리라고 화를 낼 거다. 하지만 내 일이 되면 다르다.

갑자기 바람이 불었다. 바람을 따라 나무들이 휘청휘청 흔들리면서 잎들이 부딪혀 파도 소리를 냈다. 비 냄새가 났다. 은강 언니의 손이 어깨에 와 닿았다. 홧홧한 그 온도. 그날이 다시 생생히 되살아났다. 플래시백. 늘 초여름이 가까워지면 비 냄새가 나고 나는 몇 번이고 그날로 되돌아간다. 비에 갇힌 듯이 사방에서 세차게 내리던 비와 비 냄새. 귓가에 가득 차오르던 빗소리.

그 순간 울음이 터졌다.

*

세 개의 봉안당과 이름을 가진 나무 사이를 몇 번이고 돌아다녔지만 어디에도 우주는 없었다. 결국 한참 헤매다 말고 도우와 나는 봉안당 옆 벤치에 나란히 앉았다. 멀리서 바람이 불어왔다. 도대체 우주는 어디로 간 걸까? 정말 엄마 때문일까? 엄마 때문이라면 도대체 왜…….

"내가 우주와 엄마의 죽음에 대해서 서로 이야기를 했다면 이런 일도 일어나지 않았을까?"

곁에 앉은 도우가 고개를 저으며 말했다.

"나눌 수 있었다면 좋았겠지. 하지만 쉽지 않다는 거 알잖아. 우주는 나름의 방법을 찾고 있는지도 몰라. 괜찮을 거야. 너랑 이야기 나누고 싶어서 이런 일을 벌인지도 몰라. 나무 사진을 보낸 건 자기를 찾으라는 거잖아. 그러니까 네 머릿속에 있는 나쁜 상상과는 다를 거야. 걱정하지 마. 나도 그런 적 있거든."

"너도?"

"응. 두 달 전이었나. 그냥 수업 듣고 석식 먹다가 그냥 나갔어. 서울역으로 가서 부산 가는 무궁화호 표를 끊고 무작정 기차를 탔어. 견딜 수가 없었거든. 별일 있어서가 아니라 별일이 너무 없어서. 사람이 죽었는데 아무 일도 없었다는 듯 살아가는 게 이상해서. 사실 아직도 잘 모르겠어. 사람이 그렇게 갑자기 세상에서 '뿅' 하고 사라지는 게 가능한 건가? 더는 만날 수도 말을 나눌 수도 없다는 게 맞는 건가?

은호랑 나는 항상 붙어다녔고 매일 연락했거든. 별로 중요한 얘기를 한 건 아니었지만. 조용한 휴대 전화가 이상하다가도 그게 아니면 또 세상은 너무 평화로워. 음주 운전 교통사고였어. 아주 잠깐은 시끄러웠지. 많은 사람이 애도했고. 그런데 사람들은 너무 쉽게 금방 잊더라. 또 모두 아무렇지 않게 술을 마시고 차를 타고 다녀. 나는 길을 건널 때마다 차를 탈 때마다 너무 무서웠거든. 처음에 너무 슬프고 믿기지도 않는데 또 그걸 다 티 내지는 못했어. 나는 친구일 뿐이니까. 걔네 부모님은 어떨까 해서. 걔 누나는 또 얼마나 힘들까 싶고. 우리 엄마 아빠는 계속 내 눈치만 보고. 그래서 나아지는 척했지. 꾹꾹 참았어.

그러다 보니 어느 순간은 나도 잊더라. 똑같이 학교생활을 하고 다가오는 시험을 걱정하고 오르지 않는 성적 때문에 학원을 바꿔야 하나 고민하고. 그냥 학교에서 아무 생각 없이 급식을 먹다가 맛있다는 생각이 들고 학교 수업을 다 마치고 샤워하고 침대에 누우면 편하다는 생각이 들어. TV에 나오는 런던을 보고 나중에 꼭 가야지 생각하고. 그럴 때마다 뒤통수를 후려 맞은 기분이었어.

순간순간 내가 이래도 되나? 나는 진짜 괴물이 아닐까? 감정이 없나? 도저히 가만히 있을 수가 없어서 부산에 가서 발길 닿는 대로 걸어 다녔어. 우습게도 밤만 되면 무서운 거야. 고작 그런 걸 무서워하는 내가 무섭고. 그러다가 결국 얌전히 돌아왔지, 뭐.

일주일 만이었나. 다들 별말 하지 않더라. 친구가 죽은 애는 그럴 만하다고 생각하니까. 오히려 내가 아무렇지도 않다는 듯 웃을 때마다, 게임 얘기를 하다가 축구 얘기를 하다가 흥분할 때마다 같이 웃다가도 애들이 쳐다보는 거야. 쟤는 저래도 되나? 그렇게.

그럴 때마다 나는 표정을 지웠어. 그때 담임 선생님이 안녕 클럽을 알려 주셨어. 생각보다 많아. 자조 모임이라고 자살 유가족 모임도 있고 죽음으로 누군가를 잃은 사람들이 모여 함께 이야기를 나누는 모임도 있어. 슬픔 스트리밍 비슷한 거지.

　우습지만 나만 그런 경험을 한 게 아니라는 걸 듣다 보면 위로가 돼. 뜻밖에 애도하는 방법을 배우기도 하고. 그래서 너도 우주도 같이했으면 좋겠어. 우리는 아직 많이 배워야 하니까. 나는 나아지고 있어. 그래서 한동안 이름조차 떠올리지 못했는데 이제는 기억하고 싶어. 표은호. 내 친구가 얼마나 좋은 애였는지, 게임을 얼마나 못했는지, 걔 꿈이 뭐였는지, 말할 때 어떤 습관이 있었는지 그런 거. 내가 기억하고 싶어. 그리워하고 싶어."

　나는 조용히 고개를 끄덕였다. 처음이었다. 누군가에게 "엄마가 죽었어"라고 말해 본 건 그리고 이런 생각이 든 건. 내 마음을 쏟아 내고 울고 나니, 정도우의 말을 듣고 나니 한 가지 드는 생각이 점점 더 선명해졌다.

　우주는 슬펐구나.

　우주는 엄마를 생각했구나.

　우주는…… 아니, 우주도 그날로부터 아직 벗어나지 못했구나.

　그 생각이 들자마자 다시 목이 메었다. 나는 아직도 찡한 코를 훌쩍이며 주위를 둘러보았다. 어느새 어스름이 내리고 있었다.

　"우주, 도대체 어디로 간 거야? 사진을 보내 놓고."

　그때 사진이 다시 도착했다. 아까와 달리 아래에서 위로 올려 찍은 엄마의 나무 사진이었다. 사진 속 나뭇가지에 작게 걸린 실과 봉투가 보였다.

"어?!"

나는 튀어 오르듯 일어나서 엄마의 나무로 달렸다. 도우도, 봉안당의 관계자를 만나고 돌아오던 은강 언니도 내 뒤를 따라 뛰었다. 나무에 도착하자마자 나는 나무 바로 곁으로 다가갔다. 늘 나무를 마주 보았을 뿐 나무 바로 옆으로는 가지 않았다.

우주의 사진 속 각도가 되려고 나무 바로 곁에 쪼그려 앉았다. 전혀 다른 각도로 보니 나뭇가지에 매달린 붉은색 실과 봉투가 보였다. 봉투를 열자 우주가 삐뚤빼뚤한 글씨로 적은 쪽지가 들어 있었다.

@tmfvma119

또 암호 같은 쪽지였다. 나는 그 종이를 물끄러미 내려다보았다. 등 뒤에서 은강 언니와 도우가 숨을 몰아쉬고 있었다.

"뭘까요?"

"아이디 같은데. 이거 언제부터 여기 걸려 있던 거야? 아까도 걸려 있던 건가? 분명히 없었는데······."

"못 본 거 같아요. 밖에서 볼 땐 안 보이게 걸어 뒀어서. 그래서 우주가 사진으로 힌트를 준 거고. 어쨌든 여기 왔다 간 게 맞는 거 같아요. 우주! 우주 어딨어?"

소리쳐 불렀지만 내 목소리는 허공에 흩어지기만 했다. 우주가 보고 싶었다. 이제는 우주의 얼굴도 기억나지 않았다.

> 우주, 쪽지 찾았어. 도대체 무슨 짓이야? 너 지금 어디야?
> 이야기하자, 응? 사실 나도 며칠 전에 왔어.
> 엄마가 보고 싶어서 엄마가 미워서 엄마한테 미안해서
> 엄마가 원망스러워서 엄마가 너무 그리워서 내가 너무 슬퍼서.
> 그러니까 우리 이야기하자. 엄마에 대해서.
> 이제 그만 어디인지 말해 줘.

손가락을 다다다 움직여 쓴 메시지를 바라보다가 눈을 질끈 감고 '보내기' 버튼을 눌렀다. 때마침 바람이 내 손끝을 스쳐 지나가자 메시지가 정말 내 손끝을 스쳐 우주에게 날아가는 기분이 들었다. 초여름을 지나며 무성해진 나뭇잎이 바람을 따라 이리저리 흔들렸다.

그날

아직도 생각한다. 그날이 맑은 날이었으면 더 나았을까? 그럼 시도 때도 없이 고이는 비 냄새를 밀어내지 않아도 되었을까? 그렇다면 그날로 되돌아가는 버튼을 자주 만나지 않을 수 있었을까?

그날 점심시간 때까지만 해도 분명히 해가 쨍쨍했는데 6교시 수업이 시작되자마자 스위치를 끈 듯이 하늘이 어두워졌다. 교실 안에 켜져 있던 등의 밝기가 체감될 만큼. 창밖을 보니 먹구름이 몰려들면서 하늘이 캄캄해지고 있었다. 수업을 듣던 아이들은 모두 창문 밖으로 고개를 돌리며 웅성거렸다. 그때 짝꿍이 옆에서 작게 속삭였다.

"나 우산 안 가져왔는데 어떡해."
"소나기야. 곧 그칠걸."

"아냐. 이 정도면 우리 집에 갈 때까지 계속 올걸. 백 퍼센트야."
"야, 그럼 맞고 가면 되지. 가끔 비 맞는 거 재밌지 않아?"
"초등학생이야?"

그때 나는 내리는 비를 맞는 것도 좋아하는 애였고 비가 와도 곧 그칠 거라고 생각하는 애였다. 내일도 별일 없을 거라고 믿으며 뭔가 특별한 일이 일어나길 바라던 아이.

나는 짝꿍과 수학 선생님의 눈치를 보며 소곤거렸다. 이름이 기억나지 않지만 유난히 동그란 안경을 쓰고 있었고 몸을 풀썩일 때마다 베이비 로션 냄새가 나던 애였다. 나와 짝꿍은 각자 친한 친구가 있어 쉬는 시간이나 점심시간에 함께 다니진 않았지만 수업 시간에는 곧잘 그런 식으로 수다를 떨었다. 그렇게 티키타카 주고받는 대화가 꽤 재미있었다.

'우르르릉!' 하더니 지면을 때리는 빗소리가 들리기 시작했다. 아이들이 소란스러워졌다. 평소라면 조용히 하라는 말을 열 번도 더 했을 수학 선생님도 창문 너머를 바라보며 "갑자기 비가 오네. 시원하게도 내린다"라고 말했다. 잠시 모두 말을 잃은 채 창밖 세상을 장막처럼 가리며 내리는 비를 쳐다보았다.

창가 바로 옆 내 자리에서는 운동장도, 언덕이었던 학교에서 내려다보이는 해리동 풍경도 잘 보였다. 하지만 어찌나 비가 세차게 내리는지 곧 아무것도 보이지 않았다. 아무것도. 휙 바람이 불어오자 열 수 있는 만큼 다 열어 둔 창에서는 비릿한 비 냄새가 훅 끼쳐 왔다. 한낮 동안 뜨겁게 달아오른 지면이 비에 식는 냄새와 풀 냄새와 흙냄새가 섞인 그 냄새를 나는 '흐읍' 들이마셨다.

"아, 비 냄새 좋다."

"야, 이게 좋아? 하긴 진짜 이상한 사람 많더라. 주유소 휘발유 냄새가 좋다는 애도 있더라니까. 아, 난 파스 냄새 좋아하기는 해."

"그게 더 이상해."

나는 짝꿍과 눈을 맞추고 킥킥 웃었다.

"은하야."

그때 천둥 같은 소리를 내며 문이 열렸다. 얼굴이 새하얗게 질린 담임 선생님이 나를 부르며 급히 교실로 들어섰다. 모두 의아한 눈으로 담임 선생님을 쳐다보았지만 개의치 않는 듯 선생님은 내 곁으로 다급히 다가왔다. 선생님의 몸짓을 따라 축축한 공기와 비 냄새가 휙 끼쳐 왔다. 선생님에게는 옅은 향수 냄새가 나서 무슨 향수일까 궁금했다. 나는 조금 전까지 짝꿍과 떠들던 웃음기를 다 거두지 못하고 담임 선생님을 쳐다보았다.

"얼른 가방 챙겨, 은하야."

선생님은 웬일인지 평소와 달리 허둥거렸다. 물음표만 가득 띄운 채 멍하니 선생님을 바라보다가 그제야 짝꿍과 키득거리던 여운을 삼켰다. 웃으면 안 될 것 같은 분위기였다. 선생님은 나를 지켜보다 말고 책상 위에 있던 샤프와 지우개를 필통에 넣어 정리해 내게 건네주고는 얼른 가자며 교실 밖으로 떠밀었다.

"선생님, 왜요? 무슨 일이에요?"

선생님을 따라 급히 복도를 따라 걷던 나는 우뚝 멈춰 서서 물었다. 한 번도 느껴 본 적 없는 이상한 기분이었다. 선생님은 대답하지 않고 물끄러미 나를 바라보더니 나를 꽉 안았다.

담임 선생님의 국어 수업은 꽤 유익하고 재미까지 있어서, 게다가 선생님은 다른 어른들보다 우리 마음을 이해하려고 노력하는 사람이어서 애들한테 꽤 인기가 좋았다.

하지만 그런 선생님도 하지 않는 게 우리와 접촉하는 것이었다. 손을 잡거나 안아 주거나. 친절하고 다정하지만 분명한 벽이 있는 사람. 그래서 왠지 마냥 편하고 가깝게만 느껴지지는 않는 어른. 그게 선생님에 대한 나의 인상이었다. 아이들이 선생님에게 매달릴 때마다 선생님은 "나는 잡혀가기 싫어. 우리 오해받을 행동은 하지 말자"라면서 한두 걸음 물러서는 사람이었다.

그런 선생님이 먼저 나를 숨이 막히도록 꽉 안아 주었다. 그 순간 불현듯 섬뜩한 예감이 '우르릉' 내 안에서 울렸다.

"가 보면 알 거야. 선생님도 아직은……. 일단 은하야. 잘 다녀와. 선생님도 저녁에 갈게."

그 말을 하는 선생님의 눈가가 붉었다. 선생님의 배웅을 받으며 학교 현관으로 나섰다. 현관 앞에 서자 휙 바람이 불어와 비 냄새가 콧속에 짙게 끼쳐 왔다. 그때 아빠에게서 전화가 걸려 왔다.

─은하야. 우주 학교에도 연락했거든. 우주 데리고 보내 주는

주소로 와.

　아무 설명도 없이 끊긴 전화에 잠시 멍하니 현관 앞에 서서 고장 난 화면처럼 지지직거리듯 비 내리는 풍경을 바라보았다. 수화기 너머 목소리는 아빠가 아니었다.

　'누구지? 누구더라?'

　한참 생각한 끝에 외삼촌이라는 걸 알아차렸다. 왜 아빠 휴대 전화로 외삼촌이 전화를 걸어 온 것인지, 아무 설명도 듣지 못한 채 학교를 조퇴해야 할 사정이 무엇인지 알 수 없었다. 몸이 떨리고 있었다. 세차게 내리는 비가 싣고 오는 바람이 축축하고 차가웠다.

　"은하야, 다행이다. 안 갔구나. 자, 우산. 우산 쓰고 가. 선생님도 정신이 없어서 깜빡했어."

　급히 쫓아 나온 선생님이 우산을 건넸다. 선생님은 내 어깨를 꽉 잡고는 얼른 가라며 내게 손짓했다. 어깨에 닿은 선생님의 손이 지나치게 뜨거웠다. 데인 것처럼 홧홧했다. 나는 떠밀리듯 장우산을 쓴 채 빗속으로 내려섰다.

　뒤이어 이모에게서 전화가 걸려 왔고 데리러 갈 테니 학교 앞에서 기다리라고 했다. 빗소리가 어느 때보다 소란스러웠다. 시끄러워서 견딜 수 없다고 생각했다.

　곧이어 우주를 데리고 도착한 이모는 택시 기사 아저씨도 나도 우주도 아랑곳하지 않고 울었다. 나는 차창에 끊임없이 흘러내리는 빗줄기를 물끄러미 바라보았다.

제대로 된 기억은 거기까지다. 이후 기억은 시간 순서가 뒤섞인 채 뒤죽박죽 엉켜 있다. 어떤 순간은 공기와 말소리가 선명한 몇 초짜리 동영상처럼 남아 있고 어떤 기억은 꿈인지조차 분간되지 않을 정도로 엉망으로 뒤섞여 있다.

201호. 고 유혜연. 내 눈에도 한참 젊은 얼굴로 환하게 웃고 있는 엄마의 사진과 이상하게도 무섭게 느껴지는 꽃. 내가 침을 삼키는 소리가 들릴 만큼 지나치게 고요하던 빈소. 내가 아는 장례식장에서 보았던 풍경과 달리 울지 않는 어른과 가족들 이외에 텅 빈 빈소.

그 와중에 전화를 주고받으며 이리저리 바쁘게 오가던 사람들. 어딘가 차가운 인상의 아저씨들이 수첩을 들고 아빠와 한참 동안 이야기하던 모습.

머리를 벅벅 긁으면서도 상복 단추도 아무렇게나 풀어 헤친 채 앉은 외삼촌에게서 나던 시큼한 술 냄새. 그리고 삼촌의 가닿던 시선 끝에 검은색 상복을 입은 아빠가 벽에 기댄 채 멍하니 허공을 응시하고 있었다. 메마른 얼굴로.

이런 식의 나쁜 일은 내 생각이 아예 다다를 수 없던 것이었다. 엄마의 기분이 아무리 해양성 기후, 어느 섬나라 날씨 같았더라도.

갑자기 삼촌과 이모가 다투기 시작했다.

"그래도 혜연이 가는 길을 보내 줘야지. 왜 다 안 부른다는 거야? 왜 가는 길까지 초라하게 만들어?"

"원래 이렇게 가면 무빈소 장례로도 치러. 가족장으로라도 치르려고 빈소 차린 거고. 적어도 이 서방이랑 애들 엄마랑 헤어질 시간은 줘야지. 그렇다고 동네방네 알릴 거야? 무슨 말이 나올 줄 알고."

"그게 중요해?"

"그럼 뭐가 중요해? 일단 여기서 우리가 이럴 게 아냐. 넌 가서 엄마한테나 신경 써. 딸 앞세운 엄마까지 혹시 잘못되면……."

그런 와중에 우주는 갑자기 버튼이 눌린 듯 목 놓아 울기 시작했다. 엄마 사진이 왜 거기에 있냐고, 엄마는 어디 갔냐고, 모두 왜 그러냐고, 무섭다고.

바닥을 뒹굴며 우는 우주는 서너 살 먹은 아기 같았다. 그때 누군가가 내 오른쪽 귓가에 대고 이렇게 말했다.

"은하야, 동생 잘 돌봐야 한다. 네가 야무지게 동생도 챙기고 네 할 일도 잘해야 아빠도 살고 우주도 살지. 그래야 엄마도 맘 편히 가고."

사흘 내내 할머니는 보이지 않았다. 자식의 장례에 부모가 오지 않기도 한다는 것도, 자살한 사람의 장례는 보통 무빈소 장례로 치르거나 가족장으로도 많이 치른다는 것도 나중에야 알게 되었다. 나는 영화나 드라마에서 봤던 것과는 전혀 다른 분위기가 흐르는 빈소가 이상하기만 했다. 보통 장례식장에서는 모두 함께 울었으니까. 목 놓아서.

믿을 수 없어서 그런지, 이상한 분위기 때문인지 목구멍이 꽉 막힌 것처럼 울음이 나오지 않았다. 나는 그저 한나절 만에 낯설게 느껴지는 엄마의 얼굴을 멍하니 올려다보았다. 웃고 있는 엄마가 얄미웠다. 그때 악을 쓰며 우는 우주의 울음소리에 귀가 따갑다 못해 관자놀이까지 아플 지경이었다. 나는 바닥을 구르며 우는 우주를 보다가 다가갔다.

"조용히 해. 시끄러워."

나는 우주의 머리를 퍽 내려쳤다. 어느 정도 자란 뒤로 우주를 때린 건 처음이었다. 놀란 듯 나를 바라보던 우주의 눈동자와 그 이후 갑자기 빛이 '탁' 하고 꺼지듯이 어두워지던 눈동자를 기억한다. 비 냄새. 짙은 냄새가 나서 나는 숨을 '후' 뱉고는 다시 아빠 옆으로 돌아와 앉았다. 입이 떨리자 '딱' 소리와 함께 통증이 번졌다. 내내 이를 앙다물고 있던 볼 안쪽에서 비릿한 피 맛이 났다.

발인, 화장. 그런 단어를 하나도 몰랐지만 애쓰지 않아도 몸은 꼭두각시처럼 움직였다. 검은색 상복을 입고 흰 리본을 머리에 단 채 어른들을 따라다니고 눈앞에서 벌어지는 광경을 멍하니 바라보았다.

엄마의 관이 네모난 구멍으로 들어가고 비로소 많은 사람이 한 번도 울어 본 적 없는 사람처럼 또는 우는 것밖에 모른다는 듯이 우는 모습을. 흙을 파헤치고 작은 목함을 흙 속에 놓고 나무를 올리며 엄마의 이름을 부르는 모습을. 그 사이에서 골똘하게 엄마의 목함을 바라보고 있던 아빠의 눈빛과 메마른 흙빛 뺨을. 아빠도 울지 않았다. 여전히 나도 울지 못했고 그 대신 잠이 계속 밀려왔다.

집에 돌아와서 나는 내내 잠을 잤다. 깜깜한 어둠 속으로, 잠 속으로 기어들어 가다가 겨우 눈을 떠 보니 어느새 이틀이 지나 있었다. 거실로 나온 나는 익숙하고 낯선 풍경을 한참 동안 멍하니 쳐다보았다. 집 안이 휑했다. 아니, 환했다.

오랫동안 온갖 설거지거리와 빨랫거리, 집 안 곳곳에 내려앉아 있던 묵은 먼지가 말끔히 사라져 있었다. 식탁 위를 점령하고 있던 엄마의 약 뭉치도. 우리 가족 사진도, 엄마의 사진도, 엄마 옷도, 엄마의 흔적이 남은 온갖 잡동사니와 인테리어 소품까지 전부. 원래 없었던 것처럼. 벽에 남은 주변 벽지와 다른 액자 크기의 환한 벽지가 아니었다면 정말 꿈이었다고 생각할 만큼.

> 은하야, 우주랑 밥 챙겨 먹어라.
> 고모가 집에 곧 도착할 거야.
> 아빠는 일이 있어서 나왔어.

그 메시지를 보고 나는 멍하니 거실을 둘러보았다. 나는 엄마가 금세라도 문을 열고 들어올 것 같다고 생각하면서 현관문을 보았다. 문은 열리지 않았다. 대신 그날의 비 냄새가 짙게 났다. 냄새를 맡지 않으려고 숨을 참았다. 거실로 세찬 햇살이 쏟아져 들어왔다.

천천히 우주의 방 쪽으로 가서 방문을 열었다. 우주는 새우처럼 동그랗게 웅크린 채 새근새근 자고 있었다. 나는 이를 앙다물고 안방으로 갔다. 오래 자서인지 아직도 꿈속인 듯 손발에 감각이 없었다. 안방은 휑했다. 베개 하나와 본 적 없는 촌스러운 꽃무늬가 현란한 홑이불 하나만 덩그러니 침대 위에 놓여 있었다. 한 발짝 방 안으로 발을 내딛자마자 엄마 냄새가 훅 끼쳐 왔다.

하지만 엄마의 물건도, 익숙하던 화장대와 화장품도, 엄마의 옷가지도, 아무것도 없었다. 믿을 수 없었다. 내가 태어나서부터 언제나 존재했던 엄마가 갑자기 세상에서 '뿅' 하고 사라질 수 있다는 게, 아침까지만 해도 얼굴을 보던 사람과 앞으로 영영 만날 수 없다는 게, 만질 수도 물어볼 수도 없다는 게.

사실 나는 죽음에 대해 아는 것이 없었다. 죽음은 내게 유니콘이나 푸른 용같이 모두가 알지만 겪어 본 적도 없고 별로 깊이 생각해 본 적도 없는 것이었으니까. 그때만 해도 너무 힘들 때마다 "아, 죽고 싶다"라는 말을 종종 썼을 정도로.

그 와중에도 머릿속에서 어떤 찰나가 계속 상영되고 있었다. 아침에 아무렇지 않게 집을 나서며 엄마에게 인사하는 둥 마는 둥 했던 찰나가, 그 전날 밤 엄마에게 신경질 부렸던 찰나가, 엄마는 분명히 이미 죽었을 그 순간에 급식실에서 아이들과 어묵볶음과 코다리강정을 집어 먹으며 웃고 떠들던 점심시간이.

담임 선생님이 문으로 들어서던 그 순간까지 짝꿍이랑 시시한 농담을 하며 웃었던 순간이, 내가 "하하하" 작게 웃다가 "비 냄새 좋다"라며 '흡' 하고 한참 동안 공기를 들이마시던 순간이, 웃음기도 다 거두지 못한 채 내게 다급히 다가온 담임 선생님을 쳐다보며 향수 냄새가 좋다고 생각했던 그 찰나가.

텅 빈 눈빛으로 멍하니 쳐다보는 여자아이와 눈이 마주쳤다. 사람들이 언제나 엄마와 붕어빵이라고 말했던 거울 속에 비친 여자아이는 멍청해 보였다.

일기 예보에도 없이 갑자기 세차게 내린 비처럼 엄마의 죽음은 너무나 갑작스러웠다. 아무 기미도 징조도 예고도 없었다. 거울에 비친 내 얼굴은 여전히 메말라 있었다. 나는 거울 속 여자아이를 쏘아보았다.

*

아직도 생각한다. 그날이 맑은 날이었으면 어땠을까? 어떤 날이었어야 내가 하루에도 몇 번씩 그날로 되돌아가지 않을 수 있을까? 그날 이후 나는 시도 때도 없이 비 냄새를 맡았다. 자주 그날로 되돌아갔다.

퀴블러 로스는 죽음과 상실을 5단계로 나눌 수 있다고 했다. 그때 아빠는 마지막 단계로 건너뛴 걸까? 그래서 울지 않았던 걸까? 그렇다면 나와 우주는 몇 단계였을까? 지금은 몇 단계일까?

슬픔을 대하는 방식

tmfvma119: 오늘 오후 두 시 카페 마주 기억하죠?

네, 아니, 응. 지금 와 있어. 시간 맞춰 갈게.

tmfvma119: 이렇게 가도 되나 생각되어도
끝까지 가다 보면 카페가 보여요.

응. 곧 보자.

존댓말이 영 어색해서 나는 그냥 반말로 했다. 어차피 우주니까. 하지만 메시지 속 우주는 줄곧 모르는 체하며 존댓말 모드였다. 실제로는 한 번도 존댓말한 적 없으면서.

"하여튼 이상한 애라니까."

스르륵 흘러나오는 말과 함께 코끝이 찡해지면서 눈물이 찔끔 났다. 아직 울 수 없다. 눈물을 집어넣을 요량으로 고개를 들어 하늘을 올려다보았다. 어째서 나는 이렇게 극단적인 걸까? 사흘 전 엄마의 나무 앞에서 한바탕 목 놓아 운 뒤로 이젠 시도 때도 없이 눈물이 났다. 우주는 그걸 어떻게 알았는지 나에게 자신의 슬픔 스트리머가 되어 달라고 말했다. 우주가 엄마의 나무에 남긴 쪽지 속 'tmfvma119'는 우주의 SNS 아이디였다. 도우와 은강 언니의 도움으로 여러 추측 끝에 생각보다 쉽게 우주의 계정을 찾아낼 수 있었다.

tmfvma119 계정에는 우주가 수집한 조각이 질서정연하게 올라와 있었다. 알 수 없는 사진과 게시물이 많았는데 자세히 살펴볼수록 코끝이 매워졌다.

첫 게시물은 일 년 전 엄마 기일에 올라온 것으로 실없는 농담을 모은 게시물이었다. 왕이 넘어지면? 킹콩. 아몬드가 죽으면? 다이아몬드. 그런 말도 안 되는 말장난 농담. 그걸 살펴보니 기억이 났다. 일 년 전 엄마의 기일에 저녁을 먹는 자리에서 그런 농담을 하며 웃던 우주가. 아무 생각 없이 온 얼굴로 웃는 우주를 노려보던 나도.

게시물 아래에 '웃어야만 한다'라고 적혀 있었다. 그렇게 이해할 수 없는 사진을 하나하나 살펴보니 퍼즐 조각이 맞춰지면서 의문이 풀렸다. '도대체 왜'라는 문구와 함께 바닷가 모래사장에서 가족 모두 함께 웃고 있는 사진이 올라와 있었다. 잊고 있던 기억이었는데 사진을 보자마자 그날의 기억이 생생히 떠올랐다. 끈적하던 바닷바람 냄새와 발끝에 와 닿던 보드라운 모래의 감각과 유난히 많이 웃던 엄마의 얼굴 같은 것. 엄마와 관련 있는 사진을 아빠가 모조리 없앤 줄로 알았는데 우주는 어떻게든 간직하고 있던 모양이다.

우주의 계정에는 엄마 때문에 슬플 때 괜찮은 척하기 위한 농담부터 고인 심리 부검이나 자조 모임, 슬픔 스트리밍 서비스처럼 엄마의 죽음을 극복하기 위한 방법, 엄마의 흔적이 보이는 거실의 풍경 사진, 엄마가 쓰던 볼펜 사진, 엄마가 좋아하던 우울한 목소리의 가수의 앨범 재킷, 엄마가 유난히 좋아하던 텁텁한 맛의 비스킷과 자주 거닐던 산책로 같은 것이 올라와 있었다.

가장 최근 게시물은 엄마의 나무였다. 내게 보낸 두 장의 사진과 함께 '엄마'라고만 적혀 있었다. 하나하나 게시물을 넘겨 보던 나를 멈춘 건 최근 게시물 중 하나였다. 올해 내가 처음으로 슬픔을 스트리밍하던 날의 내 방문이 닫힌 사진이었다. 사진 아래에는 이렇게 적혀 있었다.

'어쩌면 나만이 아닐지도 모른다.'

그러니까 우주의 tmfvma119 계정은 엄마의 추모 계정이자 우주의 일기장이었다. 게시물을 다 훑어보고 우주에게 메시지를 보냈다.

> 우주, 이게 다 뭐야? 너 어디 있어? 일단 만나자.

> tmfvma119: 제 슬픔을 스트리밍해 주세요.

> 좋아, 방법을 골라 줘.

> tmfvma119: 대면으로 토요일 오후 두 시 카페 마주. 비용도 낼게요.

그렇게 약속한 날이 오늘이었다. 눈물이 자주 나니 스트리밍을 잘하지 못할까 봐 걱정할 필요는 없을 것 같다. 그보다 나는 우주를 만나면 물어볼 게 많았다.

구름 한 점 없이 맑은 날의 햇살은 따갑고 뜨거웠다. 더운 공기를 헤치며 빠르게 걷기 시작했다.

사거리에서 횡단보도를 지나서 편의점에서 오른쪽으로 꺾어 길을 따라 오 분가량 걸으면 보이는 시계탑이 있는 카페가 보인다. 그 카페를 앞에 두고 왼쪽으로 돌면 보이는 좁은 골목길을 따라 끝까지 걸으면 녹색 철제 대문이 있다. 대문을 열고 들어서면 '카페 마주'라는 간판이 보인다.

나는 우주가 보낸 주소 같지 않은 주소를 중얼거리며 걸었다. 정말 이 길이 맞는지 몇 번이나 멈칫했지만 끝까지 걷다 보니 녹색 철제 대문이 보였다. 우주의 당부가 아니었다면 중간에 되돌아갔을 법한 길이었다. 허리를 한번 곧게 세우고는 문을 밀어젖혔다. 때 이른 매미 울음소리가 멀리서 들려왔다. 문을 열자마자 울리는 풍경 소리가 마치 시작을 알리는 신호탄 같았다.

카페 안에는 예상과 달리 사람들이 삼삼오오 테이블을 차지하고 있었다. 느릿하고 여유로운 분위기 속에서 우주를 보니 새삼 어색했다. 나는 흠흠 헛기침하며 나를 향해 손을 흔들어 보이는 우주 앞에 앉았다.

긴 세월이 지난 듯했지만 흐른 시간은 겨우 2주였다. 그사이 우주는 얼굴이 핼쑥해지고 키가 한 뼘은 더 자란 것 같았다. 그래도 무사하구나. 작은 안도의 한숨을 뱉으며 땀을 식혔다. 긴장한 탓인지, 이제는 아침부터 꽤 뜨거워진 해 때문인지 등에 땀이 잔뜩 배어 있었다.

"잘 찾아왔네."

장난스럽게 웃는 우주의 볼 한쪽에 보조개가 살짝 파였다. 우주가 이런 얼굴이었나? 오랜만에 봐서 그런지, 내가 모르던 우주를 알고 봐서 그런지 낯설게만 느껴졌다.

슬픔을 대하는 방식

"준비됐지? 누나, 내 슬픔을 스트리밍해 줘."

숨 고를 틈도 없이 이렇게 바로? 눈이 휘둥그레진 채 우주를 바라보니 우주는 씨익 웃으며 고개를 끄덕였다. 오래 기다렸구나. 나도 천천히 고개를 끄덕였다.

"얼마 전에 학교에서 자살 예방 교육을 하는데 나도 모르게 웃었어. 우리나라가 자살률 세계 1위라거나 지금도 하루에 몇 명씩 죽는다는 식의 이야기만 하더라고. 그렇게 자살자가 많다면서 자살한 사람의 가족이 주변에 있을 거라는 걸 아무도 생각하지 못하는 것처럼 말하는 게 너무 웃기잖아. 뻑 하면 자살 각이니 한강 물이 따뜻하다느니 말하는 애들이나 사람들도 그렇고. 그래 놓고 마지막 결론은 생명은 소중하니까 자살하지 말래. 그럼 우리 엄마는 생명이 소중한 줄 몰라서 죽었다는 건가? 누가 그런 걸 몰라서 그런 선택을 하냐고. 모두 너무 안이해서 웃기고 웃긴데 너무 화가 나고. 그런데 나도 정상은 아닌 거 같고. 누나는 안 웃겨?"

우주와 눈이 마주쳤다. 새삼 비슷한 높이의 의자에 마주 앉고 보니 우주는 훨씬 컸다. 내 생각 속 우주는 계속 열한 살이었던 것 같다.

사실 여기까지 오는 동안 몇 번이나 되돌아가고 싶었다. 관성. 지금까지 해 왔듯이 눙치고 회피하는 그 습관이 작동한 것이다. 되돌릴 수 없다는 걸 알면서도 막상 마주하기가 겁났다.

하지만 이렇게 마주하니 이렇게 서로 털어놓는 게 별일도 아니라는 생각이 들었다. 뒤돌아서지 않는 마음이면 되는 거였는데. 침묵이 우주와 내 주변에 흘렀다. 나는 시간이 가고 있다는 뜻으로 시계를 가리켰다. 우주는 한 시간짜리 슬픔 스트리밍을 해 달라고 내게 의뢰했다.

"성격도 급해, 하여튼. 그냥 떠오르는 대로 이야기할게. 또 나는 잠을 잘 못 자. 그날 이후로 줄곧. 매일 악몽을 꾸거든. 꿈속에서 엄마는 늘 나를 두고 저 멀리 걸어가. 나는 알아. 저 길의 끝이 절벽이라는 걸. 엄마를 붙잡고 싶은데 아무리 애써도 목소리가 안 나와. 당연히 몸도 안 움직여. 그렇게 엄마가 저 길 끝으로 가는 걸 나는 두 눈으로 지켜봐야만 하는 거야. 눈이 감아지지도 않거든.

그런 순간에 목소리가 들려. '은하가 엄마를 빼다 박은 줄 알았는데 보니까 우주가 더 자기 엄마야. 봐, 저 눈꼬리며 우는 모양새며. 은하는 눈치 딱 보고 안 우는데 우주 봐. 저렇게 목 놓아 우는 꼴이 꼭 자기 엄마야. 혜연이도 그랬잖아. 엄청 사소한 일에도 잘 울고 잘 웃고. 생긴 건 몰라도 마음 꼴은 우주가 꼭 엄마야'

'우주도 참 걱정이다. 애가 저리 유약한데 어미가 저렇게 되어서야……' 장례식장에서 들었던 말이거든. 그 목소리를 듣고 있다 보면 어느 순간 내가 그 길을 걷고 있다? 이대로 가면 절벽 아래로 떨어질 걸 아는데……. 이번에는 다리가 계속 움직여. 무서워하면서 울다가 깨. 그런데 그런 순간에도 죽음을 무서워하는 내가 싫다. 결국 나는 살고 싶은 거잖아."

말하는 내용과 달리 연신 웃는 얼굴인 우주는 톤이 높고 가벼운 말투였다. 공이 웃으면? 풋볼. 꼭 이런 농담을 할 때처럼.

"왜 자꾸 웃어? 내 앞에서는 안 그래도 돼. 자기 슬픔을 그대로 마주하는 게 중요하대. 적어도 웃지만은 말고 그냥 말해."

"누나, 나 좀 고장 난 거 같아. 웃는 게 버릇이야. 습관이 되었는지 학교 선생님한테 혼날 때도 웃어서 배로 혼난 적도 엄청 많아. 처음에는 내가 잘해야 한다고 생각해서 그랬어. 아니, 그래야만 아빠나 누나가 괜찮을 거라고 생각했어. 무서웠거든.

아빠도 누나도 내가 슬퍼하면 떠나 버리거나 나를 버릴지도 모른다고 생각했어. 그런데 사실 제일 무서웠던 건 나였어. 엄마처럼 될까 봐. 사실 그날 이후 죽음, 자살에 대한 생각은 내 머릿속에 껌딱지처럼 달라붙어서 도무지 사라지지 않았거든. 그래서 오히려 반대로 행동했어. 웃긴 애, 속없는 애, 유쾌한 애. 그렇게 연기하다 보면 진짜 그렇게 될 것 같았고. 내가 실없는 소리를 해서 누나가 얼굴이라도 찌푸려 표정이라도 생기면, 아빠가 실없이 웃으면 안심이 됐거든.

지금은 아니야. 숨을 못 쉬겠어. 물에 빠져서 계속 허우적거리는 기분이야. 내가 너무 싫은데 또 울거나 화내거나 솔직하게 말하지 못하겠더라. 누나나 아빠나 지금 엄마한테는. 그래서 모으기 시작한 거야. 사진이나 기사 같은 것들."

고장 난 내 눈물샘에서 눈물이 자꾸 흘러나왔다. 우주는 여전히 보조개가 파일 정도로 환하게 웃고 있었다. 하지만 나는 이제 분명히 알 수 있었다. 우주도 울고 있다. 웃는 척하면서 울고 있다. 속없는 애라고 얄미워했던 기억이 눈물을 떠밀었다.

"너도 울고 있구나. 슬픔은 다양한 방식으로 나타난대. 화일 수도, 감정 소거일 수도, 신체적 증상일 수도 있대. 너는 필사적으로 웃었구나, 슬플 때마다. 그런데 그거 알아? 슬픈 걸 그대로 슬퍼하지 못하면, 누군가를 상실한 그 마음을 애도하지 못하고 그대로 미루면 엄청난 빚이 되어 돌아온대. 지금 우리 빚이 엄청나다. 이거 어떻게 다 갚아? 큰일 났다."

내 코맹맹이 소리에 우주가 나를 바라보았다. 주변 사람들의 시선이 느껴졌지만 이제 그런 건 별로 상관없었다. 나는 얼른 더 말하라는 듯 우주를 향해 고개를 끄덕였다.

"그러다가 알게 됐어, 슬픔 스트리밍 서비스라는 거. 밤에 잠을 못 자니까 인터넷에 올라온 것을 모두 봤거든. 내 첫 슬픔 스트리머였던 형이 내 이야기를 듣고 정말 세 시간 내내 울더라. 형은 아빠가 그렇게 됐대. 내가 신청한 서비스는 겨우 한 시간이었는데 형이 전화번호를 물어보더니 따로 연락 와서 형 이야기도 하고 내 이야기도 끊임없이 물어봐 주었어.

그때가 처음이었어. 모두 숨기기 급급했던 죽음에 대해서, 누군가는 찝찝하다고 말했던 그 죽음에 대해서 계속 물어보고 이야기를 많이 하라고 말해 준 건. 그때 그 순간뿐이었지만 잠깐 숨이 쉬어지는 게 뭔지 알게 됐어. 그 전에는 내가 숨을 못 쉬는 기분이었다는 것도 깨닫게 된 거고. 위로가 되더라. 나만 그런 게 아니란 걸 알아서 그런지, 형이 울어 줘서인지, 내 이야기를 해서인지는 몰라도. 그 이후로 슬픔을 자주 스트리밍했어. 거기까지였지만. 집에선 늘 숨겨야만 했으니까.

그 형이 자살 유가족 모임인 자조 모임에 대해서도, 자살 유가족 권리 장전 같은 것도 알려 줬어. 잘 살아야 한다고. 잘 살고 싶은 마음도, 맛있는 것을 맛있다고 느끼는 감각도 나쁜 게 아니라고. 자살 유가족 권리 장전의 마지막에 이런 문구가 있다고. '나는 새로 시작할 권리가 있다. 나는 살 권리가 있다' 그 말에 위로를 받다가도 또 어떤 순간에는 난 정말 나쁜 애가 아닌가? 어째서 행복해질 생각이나 살 권리를 생각하나 싶은 거지.

그런데 이번에 누나를 보고 기분이 좀 이상했어. 누나는 정말 괜찮은 줄 알았는데 우는 걸 보니까. 왜 나한텐 아무 말도 안 하는지 화도 나고. 모른 척 아무렇지 않은 척 한 것도 더는 못 참겠고. 차라리 울 수 있는 누나가 부럽고. 그래서 누나에게 보여 주고 싶었어. 내가 얼마나 힘들고 슬펐는지. 그래서 이런 일을 벌인 거야. 누나가 날 찾아오게 만들고 싶었던 거고. 모두 임계점이 있잖아. 나는 여기까지였나 봐."

우주의 보조개가 파였다. 하회탈처럼 휘어지는 우주의 눈꼬리를 보다가 결국 나는 엉엉 소리 내어 울고 말았다. 지금까지 잘 참고 있었는데 더는 참을 수 없었다.

"사실 나도 널 미워했어. 넌 너무 괜찮아 보여서. 나도 한동안 못 울었어. 난 그날도 울지 못했잖아. 울 수 있게 된 게 겨우 사흘 전이야. 억울하다, 그건 좀……. 나는 웃는 게 아니라 무감해지는 쪽이었어. 아니, 화내는 쪽이었나?"

우주가 의뢰한 한 시간은 이미 지났지만 나도 모르게 말이 자꾸만 쏟아져 나왔다. 그동안 삼킨 말이 모두 쏟아질 기세였다. 나는 끊임없이 말하면서도 창밖을 바라보았다. 찬찬히 흔들리는 바람에 나뭇잎 사이로 햇살이 반짝이고 있었다. 어디선가 매미가 다시 쨍하게 울었다.

어릴 때 매미 소리에 대해 우주와 이야기를 주고받은 적이 있다. 내 귀에는 매미가 '스피저 스피저!' 우는 것처럼 들렸는데 우주는 '삐야기 삐야기 찌르르!'라고 들린다고 했다. 이렇게 듣는 귀도 다른데 도대체 나는 우주에 대해 뭘 안다고 생각한 걸까? 아빠 엄마도 마찬가지다.

앞으로 해야 할 일이 많을 것 같다는 생각이 들었다. 슬픔을 대하는 각자만의 방식을, 우리가 모르는 서로의 우주에 대해 알아가야 할 테니까.

감정이 좀 잠잠해지고 나니 괜히 멋쩍어져서 나는 내 앞에 있는 아메리카노만 마셨다.

"어느새 초여름이 지나갔네. 더워지겠다. 그런데 도대체 어디 있었던 거야? 위험하게. 겨우 중학생 주제에."

"형 집에. 내 슬픔을 늘 스트리밍해 주던 형이 여기 있거든. 형이 나쁜 생각이 자꾸 든다고 해서. 그 이야기를 듣고 나니까 가만히 있을 수 없는 것도 있었어. 누나도 있지? 버튼. 나는 누가 죽고 싶다는 얘기만 해도 그날로 되돌아가. 엄마처럼 될까 봐. 답답한 마음에 핑계 겸 그 형 옆에 있어 줄 겸 온 거야."

나는 이해한다는 듯 고개를 끄덕였다. 순간 동시에 카페 안이 고요해졌다. 교실에서도 그럴 때가 있다. 마치 모두가 맞춘 것처럼 갑자기 고요해지는 순간. 주위를 둘러보니 어느새 카페 안은 한적해져 있었고 카페 안에 남은 사람이라곤 우주와 나, 창가의 한 커플밖에 없었다.

우주와 나는 서로 바라보며 고개를 끄덕였다. 이제 돌아가야 할 시간이었다. 휴대 전화를 켜 아빠에게 전화를 걸었다. 신호가 한 번 울리기도 전에 아빠가 전화를 받았다.

"아빠, 우주 찾았어. 그리고……."

창밖에서 햇살이 왈칵왈칵 내리쳤다. 코끝에 고인 비 냄새를 흠뻑 들이마셨다. 비 냄새 끝에 향긋한 커피 향이 맴돌았다.

안녕하게 안녕하는 법

 창밖 건물들의 키가 낮아지고 있었다. 그럴수록 초록이 눈이 시릴 만큼 환해졌다. 여름의 한가운데였다.

 나는 조수석에 앉아 뒤로 흘러가는 풍경을 바라보았다. 바람이 불 때마다 들판 위로 일렁이는 초록이 파도처럼 보였다. 그 와중에도 품에 안은 국화에서 향이 끊임없이 콧속을 찔렀다.

 엄마가 없으니 차 안은 더 어색했다. 필요한 말 이외에 엄마를 빼고 셋이 이야기를 나누어 본 적이 거의 없었다. 늘 침묵을 지우며 재잘대던 우주도 조용했다.

 한참 같은 말을 입에 굴리던 나는 겨우 입을 뗐다. 항상 묻고 싶었던 말이었다.

 "아빠는 그날 이후로 처음이야?"

 "아니."

운전하는 아빠의 얼굴을 힐끔 쳐다보았다. 아빠의 목울대가 꿀렁거렸다. 티는 안 나지만 그게 아빠의 울음이라는 것을 이제는 알 것 같다. 괜찮은 척, 참는 것에 도가 튼 아빠의 껍데기를 벗기려면 시간이 아주 오래 걸릴 거라는 예감이 덮쳤다. 아직도 우리는 엄마의 죽음에 대해서 자연스럽게 말하지 못한다.

집으로 우주와 함께 돌아간 날, 아빠와 나와 우주는 그동안 참았던 말을 조금씩 뱉어 내며 울기도 했다. 그렇다고 해서 사 년 동안 말 한마디 하지 않던 우리가 드라마처럼 갑자기 친밀해지는 일은 없었다. 받아들이지 못하던 엄마의 죽음을 갑자기 온전히 받아들일 수 있는 것도 아니었다.

하지만 아주 작은 것은 변하고 있다. 이를테면 나는 아빠가 공용 클라우드에 저장한 엄마의 사진을 인화해 내 시선이 닿는 책상에 올려 두는 방식으로. 아빠는 예전처럼 그 사진을 치우거나 뒤집지 않고 액자를 꺼내 끼워 두는 방식으로.

지금의 엄마는 말없이 우리를 안아 주었다. 우리에게 이것저것 묻기보다 엄마의 이야기를 들려주었다. 엄마도 가족을 잃었다고 했다. 그 같은 경험이 아빠와 엄마가 함께하게 한 커다란 이유라고 했다.

엄마는 우리 중에서 가장 씩씩한 사람이었다. 이야기하는 동안 제일 많이 운 사람도, 슬픈 경험에 대해 제일 많이 말한 사람도 지금의 엄마였으니까.

오늘은 아빠와 우주와 나의 첫 걸음이었다. 엄마는 라테와 함께 휴가 시간을 갖겠다며 익살스러운 표정을 지으며 우리 셋의 등을 떠밀었다. 아직도 모든 게 어색하고 미안하고 참을 수 없게 느껴지지만 엄마가 있어 다행이라고 생각되는 것도 사실이다.

지난밤 엄마는 아빠의 건강 검진 결과를 폭로했다. 얼마 전부터 엄마와 아빠의 표정이 어두웠던 건 아빠의 건강 검진 결과 때문이라고 했다. 대장에서 여러 개의 혹이 발견되었고 의사 소견이 나빠 혹을 떼 조직 검사까지 받았다고 했다.

다행히 암으로 발전된 건 아니라는 결과를 받았지만 각별한 주의가 필요한 단계의 혹이었다고 했다. 아빠는 원래 하던 대로 우리에게 숨기려고 했지만 이제는 숨기지 않겠다며 아빠의 검사 결과를 들려주었다. 게다가 아빠는 우울 척도 검사에서도 주의 판정을 받았다고 한다.

아빠도 참느라 몸과 마음에 병이 난 것인지도 몰랐다. 아빠도 자기만의 방식으로 슬픔을 참고 있었던 거다. 코끝이 매워져서 나는 헛기침을 하며 다시 휴대 전화 화면으로 눈길을 떨어뜨렸다.

'띵동' 알람음이 울렸다. 안녕 클럽의 단체 채팅방이었다. 아빠와 함께 엄마를 보러 간다고 했더니 다들 나보다 더 호들갑이었다.

> 은하, 잘 가고 있어?

> 그러게, 너무 울지 말고.
> 아니다. 막 울어. 막 울고 와. 이온 음료 사 줄게.

> 이온 음료로 되겠어? 치킨 사 줄게! 우울할 땐 고기 앞으로, 몰라?
> 울든지 화를 내든지 편지를 두고 오든지 잘 다녀와. 언니가 응원한다!

> 힘내.

정도우가 보낸 '힘내' 두 글자를 물끄러미 바라보다가 휴대 전화를 덮었다. 얼마 전 여름 방학을 맞아 떠났던 여행에서 봄이와 혜주에게 처음으로 엄마의 죽음에 대해 말했다. 자세히 말하지는 못했지만 두 문장 정도는 말할 수 있었다.

혜주는 엉엉 울면서 나를 안아 주었고 봄이는 오히려 멍청이라면서 뾰로통해졌다. 그런 걸 왜 숨기느냐고, 얼마나 힘들었냐고, 우리가 그것밖에 안 되냐고. 서운하다나. 그 말을 하는 봄이의 코끝이 새빨갰다.

오히려 혜주와 봄이와는 말할 수 있는데 아빠와 우주와는 그게 힘들었다. 우리도 은강 언니처럼 아무렇지 않게 엄마에 대해서 함께 추억하며 말할 수 있는 날이 올까? 다큐멘터리 속 사람들처럼 밝은 곳에서 함께 부둥켜안고 울고 위로하는 날이 올까? 나는 우주와 아빠의 얼굴을 번갈아 보았다.

아직은 잘 모르지만 아빠가 내내 슬퍼했다는 것도, 나도 내내 슬픔을 눙치느라 화가 났다는 것쯤은 이제 안다. 슬픔을 제대로 바라보는 것, 거기서부터 '안녕하게 안녕하기'가 시작된다는 것도. 나는 꽃을 품에 안아 들며 질끈 눈을 감았다.

깜빡 잠이 들었던 모양인지 눈을 뜨자 멀리 평화 영원 공원이 보였다. 오늘따라 그 잿빛 건물도 다정하게 보여서 '안녕' 하며 마음속으로 인사했다.

"너희 엄마가 이걸 좋아했어."

아빠는 작은 캔맥주를 따서 나무 앞에 두었다. 나는 물끄러미 그 캔맥주를 바라보다가 손을 뻗어 한 모금 마셨다. 순간 아빠의 눈이 휘둥그레졌지만 별다른 말은 하지 않았다. 처음 마셔 본 맥주 맛은 시큼하고 쓰고 이상했다. 엄마가 이런 걸 좋아했다니 정말 이해할 수 없는 것투성이다.

"엄마."

스르륵 마음에 어떤 감정이 차올랐다. 하지만 이전과는 다른 질감의 감정이었다. 뭐라고 중얼거리려고 했지만 왠지 우주와 아빠를 보니 말이 되어 흘러나오지는 않았다. 눈을 감고 마음속으로 엄마에게 속삭였다.

'엄마, 우리 셋이 온 건 그날 이후로 처음이지? 잘 지내고 있어? 거기서는 편안했으면 좋겠어. 이제야 우리 셋이서 엄마에 대해 아주 조금이라도 이야기하게 됐어. 사실 그동안 내내 모른 척했거든. 엄마도 알겠지만 엄마가 그렇게 되었다는 사실을 인정하고 싶지 않았어. 나를 두고 엄마가 그랬다고 생각하면 나를 사랑하지 않았던 거 같아서, 내가 힘이 되지 못한 거 같아서……. 아주 솔직히 말하면 지금도 아직 조금은 미워. 엄마만의 이유가 있겠지만 엄마도 엄마의 마음이 감당되지 않을 만큼 힘들었겠지만 그래도 엄마, 거기서는 잘 지내고 나중에 만나면 말해 줘. 한 번 더 엄마 해 줘. 그때는 오래오래 행복한 엄마로 내 곁에 있어 줘. 꼭.

나는 요즘 우주 가출 사건 이후로 안녕하게 안녕하는 법을 배우고 있어. 은강 언니 말이 우리는 수학보다 이런 걸 배워야 한대. 사랑하는 사람을 잃은 뒤 어떻게 슬퍼해야 하는지, 사랑하는 사람을 어떻게 기억해야 하는지, 어떻게 안녕하게 안녕해야 하는지. 그런데 생각보다 너무 어려워. 차라리 수학 문제를 푸는 게 낫다는 생각이 가끔 들 정도야. 천천히 잘 배워 볼게. 거기서 잘 지켜봐 줘.'

나는 매일 써 내려간 편지를 엄마의 나무 아래에 두었다. 우주의 방식이 엄마의 죽음에 대한 조각을 모으는 SNS라면 나는 엄마에게 쓴 편지였다.

애도 편지가 도움이 된다고 말해 준 건 은강 언니였다. 엄마에게 하고 싶은 말, 엄마가 스스로 목숨을 끊은 뒤 내 마음에 일어난 일, 소용돌이를 막상 종이에 글자로 옮겨 적으니 나도 몰랐던 것이 자꾸만 쏟아져 나와 편지가 벌써 두툼했다. 사실 아직도 어떤 날은 그대로 모른 척했으면 좋았겠다고 생각할 만큼 힘든 날도 있다. 그래도 나아지고 있다고 믿는다. 적어도 내가 화가 나는 게 아니라 슬프다는 걸 알게 됐으니까.

아빠는 나무 명패에 걸린 젊은 엄마의 사진을 혼자서 물끄러미 바라보았다. 내가 다가가 아빠를 툭 건들자 꿈에서 깬 듯 아빠가 나를 뒤돌아보았다. 눈이 마주쳤다. 비로소 아빠와 내 눈동자가 제대로 마주쳤다는 생각이 들었다.

"미안하다."

아빠가 그렇게 작은 목소리로 중얼거리는 걸 나는 보았다. 우주는 그리운 듯 엄마의 사진을 만졌다. 빛이 한참이나 바랜 엄마의 얼굴을. 우주는 엄마의 나무둥치를 잠시 안더니 뭐라고 속삭였다.

"이제 갈까?"

"응, 그런데 아빠. 아빠도 정말 슬픔을 샀어? 그 스트리밍 말이야."

"한 번이었어. 아빠도 아빠가 고장 난 것 같다는 생각이 들었거든. 그런데 무서워서 더는 못 했어. 입 밖으로 꺼내는 순간 무너져 버릴 거 같았거든. 처음엔 너희가 알면 안 된다고 생각했어. 엄마의 죽음에 대해서. 그래서 엄마와 관련된 것은 다 치우고 없던 일처럼 굴었는데 그건 좋은 선택이 아니었던 것 같다. 모두를 힘들게 한 거 같아. 미안하다."

"뭐, 어른이라고 뭐든지 다 잘 아는 건 아니니까. 어쩌면 아빠가 우리보다 더 배워야 할지도 몰라요. 슬픔 그 자체로 슬퍼하는 거. 목 놓아 우는 거. 안녕하게 안녕하는 법?"

우주는 괜히 젠체하며 말했다. 그런 우주를 보니 왠지 폭로하고 싶어졌다.

"사실 저도 샀어요. 그런데 아빠, 그거 알아요? 우주는 엄청 많이……."

슬픔을 샀다는 말을 하려고 하자 우주가 내 입을 막았다. 나는 필사적으로 내 입을 막는 우주의 힘에 막혀 버둥대다가 겨우 풀려났.

"그래도 덕분에 여기까지 왔네. 그 명함이 시작이었으니."

"우주, 이제 슬픔 스트리밍 안 할 거지?"

"응, 그런데 스트리머를 하면 어떨까 해. 그게 이상한 건 아니잖아? 당신의 슬픔은 무엇입니까? 실연의 슬픔, 실패의 슬픔, 상실의 슬픔, 후회의 슬픔, 존재론적 슬픔, 기타 그 선택지를 고르는 것부터가 난 시작이라고 생각해. 자기 슬픔을 마주 보는 게 먼저니까. 서로의 불행으로 위로하는 게 아니라 비슷한 사람끼리 공감하면서 '아' 하면 '어' 하며 함께 우는 거. 그게 난 도움이 됐거든, 진짜. 나도 다른 사람에게 도움이 되고 싶고 안녕 클럽 홍보도 하고 자조 모임 같은 것도 알려 주고."

우주는 두 손을 머리에 올린 채 말했다. 여름을 지나며 우주의 키가 훌쩍 자라 내가 한참 고개를 들어야만 표정이 보였다. 나는 우주와 내 키를 비교하다가 앞을 바라보았다. 아빠는 먼저 앞장서 걷고 있었다. 아빠의 등이 오늘따라 왠지 더 작아 보였다. 그래서인지 이전처럼 벽처럼 느껴지지 않았다. 아빠도 그냥 평범한 한 사람이라는 생각이 들었다.

생각해 보면 나는 아빠에 대해서도 그냥 내가 아는 '아빠'로만 납작하게 이해하고 있었다. 아내를 잃은 남편, 자식을 책임져야 하는 가장, 회사를 다녀야 하는 회사원, 친구로서의 아빠, 아들로서의 아빠, 사위로서의 아빠, 혼자인 아빠. 그 모든 면을 생각해 본 적이 없었다.

엄마도 그럴 거다. 나는 뒤돌아보았다. 저 멀리 엄마의 나무가 있는 자리가 보였다.

어쩌면 엄마를 영원히 이해할 수 없을지도 몰랐다. 엄마의 우울을 엄마의 마음을. 하지만 이해할 수 없다고 해서 사랑할 수 없는 건 아니니까. 그리워할 수 없는 건 아니니까. 슬픈 대로 슬퍼해야 엄마를 제대로 그리워하고 사랑할 수 있다. 그건 이제 안다.

나무들이 바람결을 따라 우르르 모양을 바꾸며 흔들렸다. 바싹 마른 햇살 냄새가 코끝에 번져 왔다. 나는 엄마의 나무를 향해 손을 흔들었다.

"엄마, 안녕. 안녕. 안녕."

나는 뒤돌아 다시 경쾌하게 걷기 시작했다.

완전히 괜찮아지지 않아도

　코끝을 스치는 바람에서 쌉싸름한 가을 냄새가 났다. 정신없는 와중에도 계절은 착실히 흘러가고 있던 모양이다. 나는 숨을 크게 들이마시고 그 냄새를 한참 머금었다가 내뱉었다. 요즘은 스쳐 지나가는 냄새를 맡지 않기보다 깊이 들이마시고 있다. 세상에는 생각보다 다양한 냄새가 많다는 걸 요즘 알게 되었다. 새벽 공기 냄새, 해 지는 저녁 무렵 천변에서 나는 물 냄새, 교실에서 나는 묵은 나무 냄새, 집 안에 고인 정체를 알 수 없는 포근한 냄새.
　"아, 가을 냄새."
　"뭐야? 이은하, 가을 타냐? 그런데 너 가을 햇빛이 제일 무서운 거 몰라? 다 탄다."
　언제 도착했는지 곁에 다가와 잔소리부터 하는 혜주를 향해 나는 혀를 내밀었다. 혜주는 한여름 천변에서 아줌마들이 쓸 만한 커다란 캡 모자를 쓰고 그 아래 손수건까지 둘러 중무장한 상태였다. 눈을 가린 것으로 보아 어젯밤에도 운 모양이다. 나는 모른 척 고개를 돌리며 피식 웃었다.

혜주는 아직도 첫사랑앓이 중이었다. 온 마음을 다해 그 애를 좋아했던 모양인지 이별 후유증이 꽤 오랫동안 지속되고 있다. 하지만 9월 개학을 기점으로 좀 나아진 것 같다. '오빠들 타령'이 다시 시작된 것을 보면.

혜주와 봄이, 나 우리 셋은 여름부터 우리만의 안녕 클럽을 만들었다. 첫사랑과 안녕하는 법, 죽음과 안녕하는 법, 꿈과 안녕하는 법. 우리는 뭔가와 안녕하게 안녕하는 방법을 수다를 떨면서 배우려고 노력하는 중이다.

쉽지 않은 일이지만 분명히 우리는 조금씩 나아지고 있다. 게다가 혜주는 가끔 나를 따라 은강 언니와 안녕 클럽에 함께 나와 이야기를 듣기도 했다. 혜주에게는 다른 꿈이 생겼나.

"좋잖아? 상처를 드러내고 힘든 걸 함께 배워 가는 거. 나는 마음에 관심이 아주 많거든. 각자 안녕할 것은 많잖아."

이제 혜주는 "죽는다" "죽겠다"라는 말은 거의 쓰지 않는다. 그 대신 기연 아줌마를 따라서인지 긍정왕이라고 할까 명언 전도사가 되었다.

혜주는 또 특유의 높은 톤의 목소리로 손을 휘저으며 곧 발매될 오빠들의 새 앨범 콘셉트와 뮤직비디오에 대해 떠들고 있었다. 그게 혜주만의 위로법이라는 걸 안다. 내가 울 때마다 기분이 처질 때마다 혜주가 실없는 이야기로 떠든다는 것도 이제 안다. 각자의 위로법도 슬퍼하는 법도 다 다르다는 것도.

"일찍 왔네."

봄이가 내게 다가와 수건을 건넸다. 나는 수건을 받아 목에 꼼꼼히 둘렀다. 아무래도 새카맣게 타는 건 싫으니까. 시작 시간이 가까워지자 은강 언니와 기연 아줌마까지 차례로 손을 흔들며 도착했다. 정도우만 빼고.

"다 왔네. 어, 우주도 안녕?"

"뭐 해? 도우 찾아?"

봄이가 내 곁에 다가와 재빨리 귓가에 속삭였다. 나는 봄이의 입바람에 진저리를 치며 얼굴을 찌푸렸다. 가을 햇살이 혜주의 말대로 어찌나 따가운지 금세 얼굴이 화끈거렸다.

"티셔츠 받으러 가자."

은강 언니의 말에 우리는 줄지어 출발선 옆에 있는 부스로 갔다. 티셔츠를 사이즈에 맞게 하나씩 받아 들자 그 옆에 놓인 색색의 손수건이 보였다.

나는 황금빛 손수건을 들고 팔에 묶은 뒤 우주에게도 건넸다. 은강 언니도 기연 아줌마도 각각 자기 색깔에 맞는 손수건을 꺼내 들어 각자의 방법으로 맸다. 빨간색은 배우자, 보라색은 친구나 친척, 금색은 부모님, 주황색은 형제나 자매, 흰색은 아이였다. 꼭 자살이 아니더라도 잃은 사람을 표시할 수도 있을 테니까. 사람들이 손수건을 골라 드는 모습을 보니 코끝에 다시 비 냄새가 고였다.

 나는 눈을 빠르게 깜빡이며 주변을 두리번거렸다. 내 눈물샘 고장은 아직도 현재 진행 중이다. 어쩌면 눈물 총량 법칙 따위가 있는지도 모르겠다. 그때 흰색 손수건을 집어 들던 기연 아줌마와 눈이 마주쳤다. 내 손수건을 본 아줌마는 나를 향해 눈짓으로 인사했다. 나도 마주 인사하고는 정도우에게 메시지를 보냈다.

> 정도우, 안 와?

 하지만 도우는 어젯밤 잘 자라는 메시지도 아직 보지 않았다. 나는 발끝으로 바닥을 툭툭 차며 출발선으로 갔다.

 '삑' 출발 신호가 사방에서 울리며 행사가 시작되었다. 우리는 다 함께 걷기 시작했다. 소나기처럼 세차게 내리쬐는 햇살 아래 사람들의 표정이 밝았다. 햇살 아래 생각하는 죽음은 생각만큼 어둡고 축축하지만은 않았다.

미국 자살 예방 재단의 'OUT OF THE DARKNESS COMMUNITY WALKS' 캠페인이 우리나라에서도 개최되니 함께 걸으러 가자고 말한 건 역시 은강 언니였다.

OECD 평균 자살률을 뜻하는 11.1킬로미터 코스도 있고 청소년 자살률을 뜻하는 7.1킬로미터 코스도 있고 하루 평균 사망자 수를 뜻하는 36.5킬로미터 코스도 있었다. 우리는 모두 36.5킬로미터 코스를 걷기로 했다. 새 운동화를 신은 혜주는 벌써부터 앓는 소리를 했다.

"야, 걷다가 우리 쓰러지는 거 아냐? 이제 우리 고3이나 마찬가지인데. 운동 부족이 심각한 대한민국 고2가 운동이라고는 전혀 안 하다가 36.5킬로미터 걷기라니."

코스 신청을 할 때만 해도 가장 어려운 걸 해야 한다며 분명히 큰소리쳐 놓고는. 나는 혜주를 장난스레 흘기며 말했다.

"그럴 거면 그냥 응원하는 의미의 5킬로미터 코스도 있어."

"그건 아니지. 이 몸이 한다면 하거든. 우리 모두 안녕해야 할 것도 있으니 훈련 겸!"

"좋아. 나는 이제 피겨는 극복. 새로운 걸 찾을 거야."

봄이는 요즘 들어 다시 진로 찾기를 하고 있다고 했다. 요즘은 혜주와 같이 심리나 마음에도 관심이 간다며 여러 책을 읽고 있었다. 나는 혜주와 봄이와 떠들며 가끔씩 우주를 흘낏 보았다. 우주는 의외로 별로 말이 없었다. 그저 혼자 조용히 주변 사람들을 유심히 바라보다가 하늘을 올려다보았다. 우주 옆으로 길가에 세워진 가벽이 보였다. 벽에는 여러 문구가 새겨져 있었다.

자살 유가족 권리 장전
· 나는 새로 시작할 권리가 있다.
· 나는 살 권리가 있다.

이 문구를 읽다가 코끝이 다시 찡해졌다. 나쁘지 않은 풍경이었다.
'여기 정도우만 있으면 완벽했을 텐데'라는 생각이 떠오르는 순간 거짓말처럼 뒤에서 정도우가 나타났다. 물론 예상과 전혀 다른 얼굴이었다. 도우의 얼굴은 엉망이었다. 퉁퉁 부은 눈에 평소와 달리 얼굴이 어두웠다.
"무슨 일이야?"
"슬퍼서. 오늘 은호 생일이거든. 사고로 하늘나라 간 친구. 괜찮다고 생각했는데 또 생일이라고 생각하니……. 생일 축하라도 다 같이 하면 좋을 것 같아서."
그 말에 모두 잠시 일시 정지 되었다가 풀렸다. 모두 고개를 끄덕이면서 정도우가 건네는 생일 축하 머리띠를 하나씩 받아 들었다. 도우는 은호의 사진을 가슴에 매달고 있었다.
"그냥 다 같이 걸으면서 생일 축하해 주면 좀 더 의미가 있지 않을까? 걔도 이걸 보면 웃을 거 같았어. 이거 준비하느라 늦었어. 어제 좀 늦게 자기도 했고. 오랜만에 은호 인스타그램 계정 들어가서 사진 보느라……."

생일이라면 더 많이 생각날 것이다. 뭐라고 위로해야 할까? 아직도 위로는 어렵다. 그 대신 길가에서 도우가 가져온 케이크에 초를 꽂고 큰 소리로 생일 축하 노래를 불렀다.

"생일 축하합니다. 생일 축하합니다. 사랑하는 은호의 생일 축하합니다!"

얼굴도 잘 모르지만 은호라는 이름을 왠지 더 크게 소리쳐 불렀다. 모두 눈시울이 붉어졌다.

곁을 지나가던 사람들도 힘껏 박수 치고 어떤 사람은 우리에게 다가와 휴지를 건네주고 갔다. 경쾌한 발걸음으로 멀어지는 사람들을 보다가 나는 무심코 중얼거렸다.

"완전히 괜찮아질 때가 올까요?"

"완전히 괜찮아지는 게 어딨어? 그런 일이 있었다고 그냥 받아들이는 거지. 라테는 네 반려동물이잖아. 짝이 되어 함께 살아가는 동물. 나는 이제 슬픔도 반려라고 생각하기로 했어. 반려 슬픔, 반려 상실 같은 거라고. 평생 함께 서로 잘 달래며 살아가는 거야. 다행인 건 익숙해지면 다루기 더 쉽다는 거? 평범하게 살다가 어느 날은 또 가슴 미어지게 그리워하는 거고.

그 대신 숨지 말고 아무 일도 없던 척하지 말고 엄마를, 동생을,

친구를 떠올리며 그리운 만큼 그리워하고 슬픈 만큼 슬퍼하자는 거야. 슬픈 만큼 충분히 슬퍼해야 살아갈 수 있으니까. 오늘은 오늘 몫만 슬퍼하고 오늘 몫만큼 또 행복할 줄도 알면서. 자, 일단 일어날까? 슬플 때는 몸을 움직여야지. 오늘 코스 까마득하다."

은강 언니가 발을 털며 일어났다. 우리는 고개를 끄덕이며 일어나 스트레칭하고 걷기 시작했다. 나는 도우의 손을 가만히 잡았다. 놀란 듯 나를 보던 도우가 배시시 웃으며 걷기 시작했다.

나는 앞서 걷는 우주의 등을 밀어 주었고 봄이가 뒤에서 내 등을 살며시 밀어 주었다. 그 힘에 떠밀리듯 나는 좀 더 힘차게 발을 내디뎠다. 도착 지점까지는 아직 까마득했지만 열심히 걸어 볼 작정이다. 나는 고개를 들어 하늘을 올려다보았다.

구름 한 점 없이 맑은 하늘을 바라보니 엄마가 보고 싶었다.

작가의 말

오랫동안 마음을 맴돌던 이야기다. 그런데 막상 작가의 말을 쓰려니 어려워서 몇 번을 지웠다 쓰길 반복하다가 메모를 뒤졌다. 시작 메모에 이렇게 적혀 있다.

도저히 받아들일 수 없었던 죽음을 마주하고 슬퍼하는 이야기. 슬픔을 서로 나누면서 비로소 다시 살아가기 시작하는 이야기.

이야기를 여러 번 변주하는 동안에도 변하지 않았던 것은 주인공들이 십 대라는 점과 각자의 슬픔을 사고판다는 설정이다.
드러내 놓고 슬퍼할 수 없어 모른 체하다가 결국 마음이 죽어버린 은하, 누군가 죽고 싶다고 쉽게 외칠 때마다 움찔거리면서 아무렇지 않은 척 표정을 가다듬는 은하, 슬플 때는 어떤 표정을 지어야 할지 몰라서 자꾸만 웃는 우주, 슬퍼할 수 없어서 어느 시간대에 멈춰 있는 은하와 우주들.

가깝고 먼 곳에서 죽음을 마주할 때마다 은하와 우주들을 떠올렸다. 그러다 보면 안녕을 묻고 싶었다. 도대체 그 까마득한 슬픔을 어떻게 감당하고 사는 것인지, 그 상실에서 벗어나고는 있는지, 마음이 마음답게 온전한지, 잘 헤어지는 중인지.

이 이야기가 그 곁으로 다가가 어깨를 내줄 수 있다면 좋겠다. 감당하기 벅찬 죽음 앞에서, 어떤 표정을 지어야 할지조차 모르는 아이들 곁에 말없이 서 있을 수 있다면 좋겠다.

발음하기 어려운 상처를 정면으로 마주하는 것은 무척 어려운 일이라는 것은 안다. 나도 그러니까. 하지만 이 이야기를 통과한 우리는 이렇게 약속해 봐도 좋지 않을까.

슬픈 만큼 슬퍼하자고. 이렇게 오랫동안 슬퍼해도 되는지 눈치 보지 말고 주저앉아서 슬퍼하자고. 완전히 괜찮아질 수는 없겠지만 그래도 멈춰 있는 시간이 다시 흘러갈 수 있도록 살아가자고. 미안해하지 말고 반짝이는 여름날의 초록에 감탄하며 살아가자고.

슬픔이고 상실이지만 사실은 사랑이고 그리움인 상처를 함께 이야기하면서 우리는 안녕하게 안녕할 수 있으면 좋겠다. 그것이 누군가의 자살이든 죽음이든 오래된 간절한 꿈이든 사랑이든.

또 은하와 우주를 만난 우리는 아직 겪어 본 적 없는 까마득한 슬픔과 아픔을 가늠하며 누군가의 마음을 살필 수 있을 것이다. 이야기는 그런 걸 가능하게 한다고 믿는다. 슬픔을 상상할 수 있는 사람은 누군가의 슬픔을 함부로 할 수 없을 거라고도 믿는다.

  이 글을 읽는 당신의 슬픔과 나의 슬픔이 이어져 서로에게 기댈 어깨가 되어 주기를. 또 함께 슬퍼하고 다독이며 잘 살아가라고 서로의 등을 밀어 줄 수 있기를 바란다.

  혹시 마음이 더는 마음 같지 않은 사람이 있다면 언제든 내게 슬픔을 팔아 주면 좋겠다.

박슬기

안녕하게 안녕하는 법

ⓒ 박슬기, 2025

초판 1쇄 인쇄일 | 2025년 8월 4일
초판 1쇄 발행일 | 2025년 8월 18일

지은이 | 박슬기
펴낸이 | 정은영
편　집 | 우소연 유지서 전옥진 정사라
디자인 | 홍선우
마케팅 | 최금순 이언영 연병선 송의정 김정윤
저작권 | 신은혜
제　작 | 홍동근

펴낸곳 | (주)자음과모음
출판등록 | 2001년 11월 28일 제2001-000259호
주　소 | 10881 경기도 파주시 회동길 325-20
전　화 | 편집부 (02)324-2347, 경영지원부 (02)325-6047
팩　스 | 편집부 (02)324-2348, 경영지원부 (02)2648-1311
이메일 | jamoteen@jamobook.com

ISBN 978-89-544-7297-5 (43810)

잘못된 책은 구입한 곳에서 교환해 드립니다.
이 책의 판권은 지은이와 (주)자음과모음에 있습니다.
책 내용의 전부 또는 일부를 사용하려면 반드시 양측의 동의를 받아야 합니다.